W0303494

COMME UNE BOMBE

Du même auteur dans la même collection

La Beauté Louise
Le Chien qui danse
Tombé des nues

Troisième édition, avril 2018

© 2008 Éditions Mijade
Rue de l'Ouvrage, 18
B-5000 Namur

Mise en page de couverture : Annick Masson
Photo originale : KamiGami / Shutterstock

D/2008/3712/29
ISBN 978-2-87423-014-1

Imprimé en Belgique

Patrick Delperdange

COMME UNE BOMBE

roman

Mijade

1

J'ai ouvert les yeux. Je les ai frottés avec mes poings, comme je fais toujours, puis je me suis étiré. Le soleil luisait déjà derrière les collines, à gauche de l'autoroute, mais le ciel devant nous était encore sombre. J'ai regardé ma tante qui conduisait. Elle déteste que je l'appelle ma tante. Elle préfère que je dise Noëlle, mais ce n'est pas facile.

Elle a tourné la tête vers moi.

– Hello Frankie.

J'ai recommencé à me frotter les yeux.

– On a roulé toute la nuit ?

– Presque, a dit Noëlle. Je me suis juste arrêtée dans une station pour avaler un café, pendant que tu dormais.

– On a fait combien de kilomètres ?

– Mille, Frankie. Tu t'imagines ? On est à mille kilomètres de chez toi.

Mon vrai nom, c'est François. Ma tante n'a jamais prononcé une seule fois ce prénom-là. Pour elle, je suis Frankie, pas de doute là-dessus. Frankie et Noëlle sur l'autoroute, dans une voiture de sport rouge, à du cent cinquante à l'heure. Sans blague, j'ai beau être blasé et tout, d'après ce que dit ma mère, ça fait quand même quelque chose de rouler à cent cinquante. Vous avez juste le temps de voir les trucs sur le bord de l'autoroute, les panneaux de pub par exemple, et déjà vous les dépassez et vous vous demandez ce qu'il pouvait bien y avoir d'écrit dessus. Les pubs, c'est pour les gens qui roulent moins vite. Comme ma mère justement. Ce n'est pas avec elle que j'aurais jamais atteint le cent cinquante. Elle croit que je suis blasé, mais même à mon âge, je vous jure, il y a encore des trucs qui me rendent cintré.

– Dans deux heures, on verra la mer, a dit Noëlle. T'as faim ? Il y a encore un sandwich sur le siège arrière.

C'est la sœur de ma mère. Même moi, je dois faire des efforts pour m'en souvenir, parfois.

J'ai bâillé un bon coup puis je me suis retourné pour prendre le sandwich dans le sac en papier. Mon dos était quasiment paralysé d'être resté plié toute la nuit sur le siège avant. Si jeune, et déjà paralytique pour avoir refusé de s'étendre sur la banquette arrière. Je l'avais dit à Noëlle, pas question de dormir comme un môme sur la banquette. Je voulais rester à l'avant pour observer la route et repérer les bestioles sauvages qui risquent à chaque seconde de traverser sans prévenir. C'est terrible, les bestioles. Une fois, avec ma mère, on avait failli écraser une poule, si j'avais pas été là. C'était dans la campagne, un peu comme autour de l'autoroute. Avec Noëlle, on avait traversé des rassemblements d'arbres tout verts, il devait bien y avoir des animaux là-dedans. Je m'étais préparé à crier quand j'en verrais un. Je gardais les yeux fixés, et puis je m'étais endormi, je pense.

J'ai avalé un morceau de sandwich.

– Pas trop de problèmes cette nuit, avec les bestioles sauvages ?

– Non, non, a dit Noëlle. T'inquiète pas, copilote.

On a dépassé toute une file de voitures qui tiraient des caravanes. On allait cent fois plus vite qu'eux.

– Tiens, si tu me passais un bout de ton sandwich ? a dit Noëlle.

Elle a ouvert la bouche, j'y ai enfourné le pain, et elle l'a déchiré avec les dents. Elle est blonde, avec des cheveux courts, toutes des petites mèches qui partent dans des sens différents. Ça doit être un boulot terrible de se coiffer comme ça. La couleur de ses yeux, je ne sais pas. Je ne me souviens jamais de la couleur des yeux d'une femme.

Elle s'est mise à mâcher le sandwich en grognant comme un ours, groum groum ou à peu près. C'était si drôle que je me suis mis à faire la même chose, on était les deux ours échappés du zoo, on venait de piquer une bagnole et on filait vers la mer. Les ours qui mâchonnent du sandwich adorent filer vers la mer.

Après cet exercice, comme j'avais chaud, j'ai baissé la vitre de mon côté, et je me suis penché à l'extérieur, la tête dans le vent. Le sol défilait sous la voiture comme un tapis magique. Personne n'aurait pu nous suivre, on ne laissait pas de trace. D'ailleurs qui aurait voulu nous suivre ? Ma mère savait très bien où j'allais. Et les types de l'école se moquaient bien de savoir ce que je devenais. Ils m'avaient tous lâché jusqu'au dernier depuis cette histoire de bombe.

Le soleil a fini par apparaître. On en a profité pour s'arrêter dans un parking, et enlever le toit de la voiture. Oui, la voiture était décapotable, et je ne m'en étais pas encore rendu compte. Je connais des gars qui auraient fait des bonds de quinze mètres en l'air rien qu'à l'idée de s'asseoir dans une voiture pareille. Moi non. C'est vrai que je dois être blasé, d'une certaine façon.

On est remontés sur l'autoroute, ma tante a sorti des lunettes noires de la boîte à gants, les a collées sur son nez, et on a repris de la vitesse. J'ai allumé la radio, en tournant le bouton du volume à fond, mais à cette heure-là, impossible de trouver quelque chose de valable, comme musique. Les vraiment bonnes émissions ne commencent que le soir, je les suis, allongé sur mon lit, avec un petit écouteur dans l'oreille. Quand je me réveille au milieu de la nuit, j'ai le fil de l'écouteur serré autour du cou, et qui manque à chaque fois m'étrangler. C'est épouvantable de se dire que je peux mourir rien qu'en écoutant cette musique.

Pendant que je réfléchissais à tout ça, on a continué à rouler vers le sud. Des arbres maigrichons poussaient maintenant en haut des talus, le long de l'autoroute. On aurait dit qu'ils étaient en carton. Et pas une seule bestiole, à part ça.

– Je meurs de soif, pas toi ? a demandé ma tante.

– Si.

– T'es pas très bavard, hein ?

J'ai fait non de la tête. Je préfère penser avant de parler. D'ailleurs, elle ne parlait pas beaucoup non plus, de son côté.

– Tu sais, a repris Noëlle. Ce que je vous ai raconté hier, à toi et à tes parents ?

– Quoi ?

– Ce n'est pas tout à fait vrai. Je vous ai dit que j'allais rejoindre Charles.

– Et alors ? On n'y va pas ?

Charles, c'est le type avec qui elle vit. Je ne le connais pas, je ne l'ai même jamais vu. Il passait quelques jours sur la côte et il voulait qu'elle le rejoigne avec la voiture. C'est ce qu'elle nous avait expliqué. Et comme elle n'aimait pas voyager seule, elle avait insisté pour que je l'accompagne. Ma mère, au bout d'une heure de conversation, avait fini par accepter de me laisser partir avec ma tante.

Elle a attendu une bonne minute avant de répondre. Je devenais fou.

– Si, a-t-elle enfin ajouté. On va retrouver Charles. L'ennui, c'est que Charles, il est mort depuis une semaine.

2

Je sais bien qu'on doit faire quelque chose quand une femme pleure. Noëlle s'était mise à pleurer. J'ai dit: « Tu veux mon mouchoir ? » Ce n'était pas ce qu'il fallait dire, parce qu'elle a pleuré encore plus fort. La voiture a dévié de sa bande et s'est déportée sur la droite. Si Noëlle continuait comme ça, elle allait nous envoyer dans le décor.

J'ai encore dit: « Tu veux pas qu'on s'arrête ? »

Elle a reniflé.

– Non… Ça va aller.

Je n'osais plus lui proposer mon mouchoir de peur que ça recommence. Est-ce que je devais poser des questions au sujet de Charles ?

Noëlle a enlevé ses lunettes et s'est essuyé les yeux avec la main. Derrière nous, quelqu'un a klaxonné plusieurs fois. On bloquait la file de gauche. Ma tante s'est déplacée sur la bande du milieu, et un abruti en Porsche blanche nous a dépassés, en agitant le bras comme un malade. Sa femme nous a lancé un sale regard, sans doute parce qu'on avait fait baisser leur moyenne. Elle avait des dents de lapin. Et en plus c'était une fausse Porsche.

Noëlle a récupéré en silence, à quarante à l'heure. Au bout d'une minute, j'ai demandé :

– Comment tu le sais ?

– Quoi ?

– Qu'il est mort.

– Ils m'ont appelée de l'hôtel.

– L'hôtel ?

– C'est dans sa chambre qu'ils l'ont retrouvé.

Je lui ai jeté un coup d'œil. J'avais un peu peur que penser à cette scène ne recommence à la faire pleurer, mais tout s'est bien passé. Elle a juste reniflé. Ça, je peux le supporter. J'ai comme qui dirait de l'entraînement. Il y a un type à l'école qui est enrhumé six mois sur douze et qui, le reste du temps, renifle par habitude. Noëlle arrivait loin derrière, question reniflette. D'ailleurs, elle s'est arrêtée tout de suite, et elle a dit :

– Je ne pouvais pas venir seule, tu comprends ?

– Non.

Elle m'a regardée d'une façon bizarre. Je lui avais simplement dit que je ne comprenais pas, et elle me regardait comme si je venais de lâcher une saleté. J'aurais dû comprendre sans problème, peut-être, mais maintenant c'était trop tard.

– Je ne pouvais pas venir seule, a répété Noëlle. C'était au-dessus de mes forces. Et je ne voulais pas en parler. Je suis désolée de t'avoir embarqué comme ça, sans te prévenir. Tu ne m'en veux pas ?

– Qu'est-ce qu'on va faire là-bas ?

– Je dois récupérer ses vêtements à l'hôtel, et signer des papiers, j'imagine. Ils ont insisté pour que je vienne.

Elle s'est arrêtée. Je n'avais plus envie de poser de questions. Est-ce qu'une femme pleurerait de cette façon-là si je mourais ? Ma mère peut-être, mais ce n'est pas vraiment une femme, si on examine bien les choses. De mon point de vue, je veux dire.

J'ai ouvert la boîte à gants pour vérifier s'il

ne s'y trouvait pas une autre paire de lunettes solaires. Ma tante avait replacé les siennes sur son nez, et on ne s'apercevait plus qu'elle venait de pleurer. J'ai fouillé dans le désordre du vide-poches, de quoi ouvrir une quincaillerie. Des kleenex, des cartes postales, des clous. Noëlle pilotait en silence. Elle devait songer à Charles et à la vie fabuleuse qu'il lui avait fait mener. Sûrement formidable, le type, dans le genre qui fait pleurer les femmes et qui leur paie des lunettes noires. Mais tout compte fait, elle n'avait pas beaucoup pleuré. Je suis un vrai salaud, il y a parfois de ces idées qui me viennent, et puis je me déteste. Heureusement, ça ne dure jamais longtemps. Comme si on mesurait le chagrin au nombre de larmes. Et le chagrin intérieur, alors ? Je regrettais de n'avoir jamais rencontré Charles. Il aurait peut-être pu me donner des conseils, sur la technique. Ce qui me manque, c'est surtout la technique.

J'ai fini par découvrir une paire de jumelles pliantes, dans un étui noir.

– Tiens, a fait Noëlle en les apercevant. Je croyais qu'elles étaient perdues.

Puis, elle a ajouté :

– C'est pour le théâtre.

Je le savais parfaitement bien. Je les ai dépliées, les jumelles, avec deux doigts, comme ça, et j'ai observé les bosquets des alentours en manœuvrant la molette, puis la route devant nous. Quand on dépassait une voiture, j'examinais la tête du conducteur. Au bout de dix minutes, j'en ai eu assez. J'ai regardé Noëlle.

– C'était quoi son boulot ?

– Qui ? Charles ?

Pleurer cinq minutes avait dû lui ramollir un petit peu le cerveau. De qui est-ce qu'on parlait ? Du grand Schtroumpf ?

– Il était dans les affaires, a dit Noëlle.

– Les affaires ? Qu'est-ce que ça veut dire ?

– Je ne sais pas au juste.

– Il devait avoir de l'argent, non ?

– Oui. Plutôt. Pourquoi tu demandes ça ?

– Il s'est peut-être fait assassiner.

– T'es fou. Pourquoi assassiner ?

– Pas si fou. Ça arrive que des gens se fassent assassiner.

– Mais pourquoi il se serait fait assassiner ? a dit Noëlle.

– Ça, je ne sais pas encore.

– Mais c'est impossible, a-t-elle ajouté. Il a eu une crise cardiaque dans sa chambre, tout simplement.

– Qui t'a raconté ça ?

– Le patron de l'hôtel. Celui qui m'a téléphoné.

– Une crise cardiaque ? Il était si vieux ?

– Il a l'âge de ta mère. À toi de voir.

– C'est pas difficile. On devient vieux à partir de vingt-sept ans.

– C'est ta limite ? a demandé Noëlle.

– C'est pas ma limite, c'est la limite scientifique. À partir de ce moment-là, il y a les cellules du cerveau qu'on perd petit à petit et qui ne sont jamais remplacées. C'est scientifique.

– Alors je suis vieille depuis trois ans, a dit Noëlle. Ça ne se voit pas trop, j'espère ?

Elle s'est regardée dans le rétroviseur, en souriant un peu. Elle avait du mal à avaler ce qu'elle venait d'apprendre.

– N'empêche, ai-je dit. Si ça se trouve, c'est peut-être le patron de l'hôtel qui a assassiné Charles. Qu'est-ce qu'on sait ?

Elle continuait à se regarder dans le rétroviseur. Elle n'a pas répondu.

3

On a quitté l'autoroute un peu plus tard. Arrivés en ville, on a cherché l'Hôtel du Pélican, puisque c'était là que Charles avait été retrouvé. Il a fallu qu'on interroge trois personnes avant d'obtenir un renseignement correct. Elle n'était pourtant pas énorme, la ville, une dizaine de rues tout au plus. Les gens nous regardaient comme si on débarquait de la planète Mars avec des cheveux verts. De mon côté, je les observais avec les jumelles de théâtre.

Ma tante a fini par se garer en face de l'hôtel, juste à côté d'une Porsche blanche toute pareille à celle qui nous avait dépassés en trombe sur l'autoroute.

La façade de l'hôtel était camouflée par une plante verte géante, pleine de feuilles, et dont le tronc sortait d'un trou devant la porte. Les racines devaient avoir mille kilomètres de long pour nourrir toutes ces feuilles. C'était infect de penser que le sous-sol était rempli par ces racines. C'est le genre d'idées qui me rendent cintré, moi, d'une manière complètement psychologique, il faut bien l'avouer.

J'ai détourné le regard de cette plante et, pendant que ma tante dénichait sa valise, j'en ai profité pour me précipiter dans le hall de l'hôtel. J'ai repéré la réception, enfin l'espèce de comptoir qu'on avait baptisé ainsi. Je me suis approché. Derrière se tenait un gros type, occupé à boire une bière à la bouteille. J'ai pris mon air méchant.

– C'est bien ici que le meurtre a eu lieu ?

Dans ces cas-là, il faut jouer avec l'effet de surprise. Si ça se trouvait, j'étais en train de parler au meurtrier en personne, il n'aurait plus qu'à baisser les bras et à s'avouer vaincu.

Le type a reposé sa bière sur le comptoir avec une lenteur infecte, puis il m'a examiné, en se passant la langue sur les lèvres.

– Qu'est-ce que tu cherches, petit ? T'es perdu ?

– Pas du tout. Je viens pour l'enquête.

– Me fatigue pas, morveux. Dégage.

C'était bien engagé, cette histoire. J'étais tombé sur un dur, aucun doute là-dessus. Heureusement que je ne me laissais pas facilement impressionner. Ces types croient toujours qu'ils vont répandre la terreur, mais j'ai bien vu qu'il commençait à se poser des questions à mon sujet. Il était troublé. D'ailleurs, il a repris sa bouteille et il l'a vidée d'un coup puis il l'a jetée sous le comptoir en tremblant un peu. Et quand il s'est redressé, il avait une autre bouteille en main.

Ma tante est entrée au moment où je venais de me décider à l'asticoter encore un peu, pour le pousser dans ses derniers retranchements. Il s'est mis debout en l'apercevant et a souri. Il ne savait pas à quoi il venait d'échapper.

Noëlle s'est présentée, et au bout d'une petite demi-heure d'explications, le type a saisi ce qu'on lui voulait. Il devait le faire exprès, on n'est pas idiot à ce point-là. Il a fini par nous dire que le corps de Charles avait été retrouvé dans la chambre 13. Puis il a fait un geste dans ma direction.

– Il est à vous, le gosse ?

– Et ces oreilles en chou-fleur, elles sont à vous ?

Il a fait mine de ne pas m'entendre.

– Pourquoi est-ce qu'il parle de meurtre ? C'est pas un meurtre.

Il s'inquiétait drôlement.

– On peut le voir ? a demandé ma tante.

– Qui ça ? a dit le type.

– Gllpps, a fait Noëlle, à peu près.

– Le corps, j'ai dit. Gros malin. Pas ton derrière.

– Si c'est votre moutard, a repris le type, vous devriez lui apprendre les bonnes manières. On n'est pas des zazous ici.

Ça devait être une peuplade de sauvages, ces zazous, c'est ce que je me suis dit. Pareils aux zoulous. Le type avait l'air content de sa trouvaille.

– On peut le voir ? a répété Noëlle.

– Vous croyez qu'on les garde au frigo, les cadavres ? a dit le type. On l'a trouvé vendredi passé, vous savez.

– Mais..., a fait Noëlle d'une toute petite voix. Mais alors où...

– À la morgue, a dit le gros. Si vous tenez vraiment à le voir, la police l'a embarqué à la morgue. Hôpital Saint-Ernest. Mais repassez par ici après pour régler la note, d'accord ?

4

L'infirmier qui s'occupait de la morgue était encore plus gras que le type de l'hôtel. Ça dégoulinait autour de son col de chemise. Ça devait être à cause d'une saleté de produit dans l'eau des robinets, un genre d'infection qui faisait gonfler les gens. Il fallait que je me souvienne de pas boire de cette eau-là.

Il nous a emmenés au sous-sol en utilisant l'ascenseur. L'hôpital ressemblait à une maison normale, à part qu'ils avaient essayé de tout repeindre en blanc, pour faire propre. Mais il restait des endroits sales. Ça sentait le médicament. L'infirmier nous souriait en tripotant les boutons de sa blouse blanche qu'il avait laissée ouverte, vu que son ventre pouvait pas y tenir. Enfin, il regardait surtout ma tante.

En bas, il a pris un grand cahier, et a vérifié si le nom de Charles s'y trouvait. Noëlle a dit que Charles s'appelait Aubert. Le type tournait les pages lentement avec ses doigts boudinés, à l'étroit eux aussi dans des gants en plastique. Il contrôlait chaque page une à une, et chaque fois qu'il arrivait au bout, avant de tourner, il jetait un regard à ma tante, en souriant. Il était infect, l'infirmier. Peut-être qu'il aurait bien voulu avoir Noëlle dans son département, qu'il se demandait comment faire pour l'obtenir. J'avais froid.

Il a trouvé le nom de Charles au numéro 335. Il a claqué le cahier en disant :

– 335, rien que pour cette année.

Il en était fier. Plus infect que lui, j'en avais jamais vu, et pourtant j'ai de l'expérience.

Noëlle a signé dans un autre registre, puis on l'a suivi, dans une grande salle, genre garage sans voiture, encore plus froide que la première et plus laide. Trois lits à roulettes étaient rangés à l'entrée. À part ça, la salle était vide.

Le type a marmonné : « 335, 335,... », en se dirigeant vers le fond de la salle. Ce n'est qu'à ce moment-là que j'ai remarqué toutes les poignées qui avaient l'air de sortir du mur. En fait, elles devaient servir à tirer des trucs de l'intérieur. Puis j'ai compris ce qu'on devait tirer exactement. J'avais jamais vu de morgue.

L'infirmier a repéré le tiroir 335. J'ai senti que Noëlle prenait ma main dans la sienne. Ses doigts étaient glacés. Je ne sais pas comment je m'en suis rendu compte parce que les miens l'étaient aussi. Ça devait être à cause de la température de la salle.

Le type avait saisi la poignée, et il a tiré. Il y a eu une espèce de raclement sinistre. Puis il s'est tourné vers nous, satisfait, l'abruti. Il ne manquait plus qu'il se mette à siffloter. J'avais envie de lui flanquer mon pied dans ses mollets tout gras.

Ma tante s'est approchée lentement. J'avais de plus en plus froid. Je n'avais jamais vu de mort de ma vie, si c'est ce que vous voulez savoir. Normalement ça n'aurait pas dû me toucher, mais j'ai une conscience qui me pose des problèmes. En plus, je n'étais même pas obligé de la suivre jusqu'au tiroir, Noëlle. C'était son mort, d'une certaine façon. Je sais bien que moi aussi je peux être infect.

En attendant, Noëlle est arrivée face au tiroir. Elle a fait : « Gllpps », comme d'habitude, ensuite elle s'est penchée, et aussitôt elle a dit :

– Mais... Qu'est-ce que...

L'infirmier a froncé les sourcils. Quelque chose ne tournait pas rond. Je me suis approché à mon tour, tant pis. J'ai jeté un coup d'œil rapide à l'intérieur. Le tiroir était vide.

– C'est sûrement une erreur dans le classement, a dit l'infirmier.

Il n'était plus aussi fier. Il a ouvert le tiroir le plus proche, à droite, au cas où un autre infirmier aurait mis du désordre chez lui en son absence. Ce compartiment-là aussi était vide, je l'ai bien vu. Il l'a reclaqué en vitesse, salement gêné.

J'en ai profité pour tirer sur la poignée en face de moi, sur la gauche. Le tiroir était vide lui aussi. J'ai alors essayé celui d'à côté, et puis les autres. J'étais de plus en plus excité. Ça réchauffait de s'agiter un peu. En ce qui concerne les morts, ils s'étaient tous envolés. Une vraie panique.

– Mais arrêtez, a crié l'infirmier en essayant de me retenir par la manche. C'est interdit, voulez-vous cesser.

Je courais d'un bout à l'autre de la salle,

en ouvrant les tiroirs les uns après les autres. J'ai grimpé sur une des civières pour atteindre ceux qui se trouvaient en haut. Aucun d'eux ne contenait le corps de Charles, ni rien d'autre d'ailleurs. Cette morgue était déserte.

Je suis revenu près de Noëlle, qui se retenait pour ne pas éclater de rire. C'était le soulagement, j'imagine. De ne pas avoir vu Charles dans son tiroir.

Je suis sûr que ma mère aurait pensé que je n'étais qu'un type blasé, si elle m'avait vu dans cette morgue, occupé à tirer les tiroirs de cette façon-là. Mais ça ne veut rien dire. Elle ne sait pas ce que je sens dans ma tête.

5

Après ça, on est passés au commissariat, pour demander où était Charles. Mais personne ne savait. Ils croyaient tous que ça ne bougeait pas, les morts. Quand on les fourre dans un tiroir à la morgue, d'habitude ils y restent.

L'inspecteur était fâché. Il tirait sur sa pipe et remplissait le bureau avec la fumée. Il en a même soufflé dans le téléphone, en appelant l'hôpital d'où on venait. Il refusait de nous croire.

J'ai toussé plusieurs fois, pour qu'il comprenne que je commençais à étouffer dans cette fumée bleue. Mais ça n'a rien donné. Il devait puer comme un vieux cendrier en rentrant chez lui.

– Tout ça n'explique pas ce qu'est devenu le corps de Charles Aubert, a-t-il déclaré au téléphone, en soufflant deux jets par les narines.

Tout ça ? J'ai regardé Noëlle. Elle tirait sur sa jupe, pour cacher ses genoux. L'inspecteur ne la regardait même pas. Il a raccroché en marmonnant : « C'est ça, c'est ça… » Puis il s'est tourné vers nous.

– Charles Aubert était, semble-t-il, la seule personne décédée à se trouver à la morgue cette semaine.

J'ai haussé les épaules.

– On avait compris.

– Ah oui ? a fait l'inspecteur.

– L'infirmier nous a fait un de ces cirques, a dit Noëlle.

– C'était pour nous impressionner.

Je ne quittais pas des yeux l'inspecteur, pour voir sa réaction.

– Oui, oui, peut-être, a-t-il ajouté. Ce que moi, je ne comprends pas, c'est ce qu'est devenu ce cadavre.

Alors, il a tiré une bonne fois sur sa pipe, qui en est devenue toute rouge. Puis, il a encore dit, plus bas :

– Comme si je n'avais déjà pas assez de travail comme ça. La semaine passée un incendie et aujourd'hui une disparition de cadavre.

– C'est certainement l'assassin, ai-je dit.

Il ne voulait pas qu'on fasse une autopsie. Il a fait disparaître le corps. C'est clair. Vous devriez interroger le type de l'hôtel.

– Il est pas bien, votre gosse ? a dit l'inspecteur.

– Ce n'est pas mon gosse, a répondu Noëlle. C'est mon neveu. N'empêche que Charles a quand même disparu.

– On va faire une enquête, a repris le policier. Cette histoire me paraît louche.

Il a dit ça avec un tel sérieux que ça m'a tué. Il allait faire une enquête. Pour commencer, il a posé sa pipe sur son bureau et s'est mis à triturer les poils de sa barbe. J'aurais encore préféré qu'il continue à remplir le bureau avec sa fumée. Sans blague, il n'y a rien qui m'énerve autant que ces types qui se grattent sans arrêt les cheveux ou les poils de barbe. Je me demande pourquoi ils se rasent pas, si ça les démange. Ma petite sœur Julie a une habitude encore plus infecte, concernant les cheveux. Elle les tortille à longueur de journée. Il faut que je vous explique, vu que vous ne la connaissez pas comme moi, qu'elle possède de longs cheveux blonds qui réussissent à se fourrer à peu près n'importe où.

Un matin, j'en ai retrouvé un enroulé autour de ma brosse à dents. Je ne me suis pas lavé les dents pendant quinze jours.

– Vous croyez que ça va prendre du temps ? a demandé Noëlle.

Elle pouvait être drôlement sarcastique quand elle s'y mettait.

– Ne vous inquiétez pas, a dit l'inspecteur. C'est sans doute une erreur. On va le retrouver très vite. Mais pour le moment, je suis un peu débordé. Je suis seul ici, vous comprenez. Je dois m'occuper de tout.

– On vous fait confiance, ai-je dit.

– Mais qu'est-ce qu'il cherche ? a crié l'inspecteur. Il veut m'énerver ou quoi ? Et d'abord, pourquoi il est pas en classe à cette heure-ci ?

Je pensais que les policiers avaient les nerfs plus solides.

– C'est les vacances, a dit Noëlle.

– Et de toute façon, j'ai dit, je viens d'être renvoyé. Parce que j'ai fait sauter les waters de l'école à la dynamite.

J'ai bien vu qu'il ne me croyait pas. Ma mère non plus n'avait jamais voulu me croire.

6

À l'Hôtel du Pélican, c'était toujours le gros malin à la réception. Je me suis appuyé au comptoir.

– Donnez-nous la chambre 12, mon vieux.

Je suis un vrai salaud, quand je veux. Le type a décapsulé une bouteille de bière et m'a jeté un regard. Dans l'ensemble il ne devait pas être trop sensible à l'ironie.

Il a fait semblant de m'ignorer, en parlant à Noëlle. Elle a obtenu la chambre que j'avais demandée. On n'a pas insisté et on est montés. Puisqu'il fallait qu'on reste dans la ville pour attendre la fin de l'enquête de l'inspecteur, pourquoi ne pas habiter au Pélican ? avait dit Noëlle. J'ai pas refusé. Ça me permettrait de voir un peu ce qui se tramait dans cet hôtel.

Ma tante a ouvert la porte de la chambre 12. Cette pièce puait comme douze panthères en chaleur.

Noëlle s'est occupée de sortir des millions de trucs de sa petite valise, tandis que couché sur un des deux lits, j'observais le plafond avec mes jumelles. Elles ne me quittaient plus. J'avais remarqué qu'on voyait bien mieux le monde avec des jumelles. Là-dedans, tout est net et bien cadré, un peu comme au cinéma. Bien que je n'aie plus mis les pieds dans une saleté de cinéma depuis plusieurs mois. Avant j'aimais ça, surtout quand j'étais gosse. J'y allais chaque semaine ou à peu près, jusqu'à ce qu'il m'arrive un truc tuant. Je me souviendrai toute ma vie de ce jour-là. Le film venait de commencer, une espèce de navet dans le genre amour blessé, avec une dame infirmière qui peut pas s'empêcher de penser à un médecin qu'elle a rencontré un jour en Afrique, bien qu'elle ait déjà un gosse et que son mari soit mort depuis même pas deux mois. Voilà le genre de film que c'était. Il a donc commencé, et aussitôt je me suis souvenu de l'histoire, avec les détails et tout, c'était comme si j'avais déjà vu le film, mais d'un autre côté c'était impossible puisque c'était une nouveauté qui venait de sortir. Ça m'a tué sur le coup. Je n'ai plus supporté de voir ce truc une minute de plus. Je savais tout ce qui allait arriver trois secondes avant que ça n'arrive vraiment. Ça gâchait complètement le plaisir, si vous voyez ce que je veux dire. J'espère bien que ça ne m'arrivera plus jamais. C'est pour ça que je ne mets plus les pieds dans un cinéma.

J'ai rangé les jumelles dans une de mes poches, et je suis allé jeter un coup d'œil sur le balcon. La plante qui grimpait la façade de l'hôtel arrivait jusque-là, et même plus haut. J'ai testé la balustrade en tirant dessus. D'habitude, dès que je vois une balustrade, je m'imagine toujours un type qui s'appuie et qui dégringole de quinze mètres, tout ça parce que le machin n'a pas résisté. C'est des idées que j'ai parfois.

– Tu prends une douche, Frank ? a demandé ma tante.

– Non, pourquoi ?

– Ça remet en forme, tu sais.

– Mais je suis en forme.

Pour le prouver, j'ai effectué quelques sauts sur le lit. Sans me vanter, je suis assez fier de ma technique de saut. Il y a des types qui donneraient dix ans de leur vie pour réussir des sauts pareils. J'aurais pu toucher le plafond de la chambre rien qu'en forçant un peu.

– OK, OK, a dit Noëlle. T'excite pas trop quand même. Moi, je vais la prendre cette douche. Et puis on ira faire un tour en ville, d'accord ?

Elle est allée dans la salle de bains et dès que j'ai entendu couler l'eau de la douche, je me suis mis debout.

Si j'avais insisté pour qu'on prenne la chambre 12, j'avais mes raisons.

Je suis descendu du lit et je suis sorti en manœuvrant la porte en silence. De toute façon, Noëlle ne risquait pas d'entendre.

J'ai avancé dans le couloir jusque devant la 13. Des gens parlaient dans une chambre à l'autre bout. Je me suis dit que la porte de la 13 ne serait sûrement pas ouverte, mais j'ai quand même essayé. J'ai fait tourner la poignée sans trop y croire, et la porte s'est ouverte. C'est ainsi que je me suis retrouvé dans la chambre du crime.

Il faisait sombre. Les deux rideaux rouges étaient tirés. La pièce était meublée de la même façon que la 12. Dans le silence, j'ai entendu l'eau couler dans la salle de bains de Noëlle.

J'ai regardé le lit. Il avait été refait depuis. Où est-ce que Charles était tombé ? Sur la carpette à fleurs ? Je me suis agenouillé. La meilleure façon de procéder, c'était de se mettre à la place de la victime. J'ai fait une grimace et j'ai serré les mains sur ma poitrine, comme si je venais de subir une attaque. Puis je me suis écroulé. Et crac ! Je me suis flanqué la tête sur la table de nuit. J'avais mal calculé mon coup, à cause de l'obscurité. J'avais le cuir chevelu en bouillie, c'était la commotion à coup sûr. Je me suis allongé sur la carpette, pour vérifier l'état de mon crâne. En ramenant la main dans la lumière, j'ai remarqué un peu de rouge sur le bout de mes doigts. Mais peut-être que c'était à cause des rideaux rouges, tout avait l'air plein de sang dans la pièce.

Puis quelqu'un a ouvert la porte de la chambre, une femme a poussé un hurlement de hyène malade, et c'est en me relevant d'un bond que je me suis sérieusement cogné au bord du lit. J'ai eu le temps de me dire que ça faisait deux morts dans la même chambre, avant de m'écrouler.

7

C'est quand j'ai senti qu'on me tirait par les pieds que j'ai compris que je n'étais pas vraiment mort. J'ai ouvert les yeux. Il faisait tout noir. Mais c'était plus ou moins normal, puisque j'avais la tête coincée sous le lit.

– Frank, tu vas bien ? Dis quelque chose, a fait la voix de ma tante, pas très loin.

– Mais bien sûr que ça va, a ajouté une autre voix. Plus de peur que de mal.

C'était le type de l'hôtel. J'ai tourné la tête et j'ai aperçu leurs pieds. Le lustre de la chambre était maintenant allumé, ce qui fait qu'on y voyait un peu plus clair que tout à l'heure. Avant de sortir la tête de sous le lit, j'ai eu le regard attiré par un petit bout de carton blanc, juste à côté de moi. J'ai voulu tendre la main pour m'en emparer, mais le type s'est mis à me tirer très fort, et il m'a dégagé complètement avant que j'atteigne le carton.

J'ai sorti la tête d'en dessous du lit, et j'ai vu Noëlle. Elle n'était habillée qu'à moitié, avec une longue chemise blanche qui s'arrêtait à ses genoux. Elle avait dû bondir de sa douche en apprenant que j'étais mort dans la chambre à côté. Elle s'est penchée sur moi, et une goutte d'eau m'est tombée sur le nez. Elle sentait bon, ses cheveux étaient mouillés.

– Eh bien voilà, a dit le type.

– Frank, qu'est-ce qui s'est passé ?

J'avais envie de dire que je venais d'être attaqué par une douzaine de thugs qui cherchaient à m'étrangler, ou une scène macabre dans le genre. Les thugs font partie d'une saleté de secte d'étrangleurs, si vous ne le savez pas. Je commence à me demander si ce n'est pas une invention bidon, d'ailleurs.

Je me suis donc contenté de gémir, avant de déclarer que je m'étais cogné, tout simplement.

– Tu t'es cogné ? a dit Noëlle. Mais qu'est-ce que tu faisais là ?

– Je cherchais des indices, c'est clair, non ?

– Encore cette histoire de meurtre, a dit le type de l'hôtel. Il y tient.

– Il commence à paniquer, j'ai dit à Noëlle.

Le type s'est mis à rire. On ne rit pas comme ça quand on est innocent.

– Tu as mal quelque part ? a demandé ma tante.

– Ici.

J'ai indiqué l'endroit, et elle a posé la main dessus. Ça m'a fait encore plus mal, mais je n'ai rien dit pour ne pas la vexer. Ça partait d'une bonne intention. C'est difficile de ne pas choquer les gens parfois.

– C'est solide à cet âge-là, a dit le type de l'hôtel.

Il continuait à sourire, sans doute pour faire croire qu'il ne se sentait pas du tout concerné par le meurtre.

– Ça, on peut dire que vous m'avez fait peur, a dit une toute petite voix derrière lui.

– C'est Manuela, a déclaré le type en s'écartant. C'est elle qui a découvert le premier cadavre, si je peux me permettre.

Elle était minuscule, la fille. Déjà moi, je ne suis pas trop grand pour mon âge, mais cette fille-là devait avoir la moitié de la taille réglementaire.

– Tu peux te lever ? a encore demandé Noëlle. Essaie, je vais t'aider.

Elle m'a pris par le bras et m'a soulevé. J'avais encore la tête un peu molle, et en même temps, je me suis dit qu'il fallait absolument que j'examine le carton en dessous du lit. Il se pouvait que ça soit le dernier message qu'ait laissé Charles avant de mourir. Peut-être même que le nom de l'assassin était écrit dessus. Les victimes ont toujours le temps d'écrire le nom du meurtrier quelque part avant de mourir.

J'ai fait comme si j'allais m'évanouir une seconde fois. Je ne tenais pas à ce que le type de l'hôtel me voie en train de repêcher le carton, avec son nom dessus, ou je ne sais quoi.

Je me suis assis sur le lit, en me tenant le front dans la main, et puis en regardant le type comme si c'était lui qui venait de me frapper. Il a fini par comprendre et nous a dit qu'il nous laissait parce qu'il avait encore du travail. Noëlle a promis qu'on retournerait dans notre chambre dès que je pourrais marcher sans problème.

Il est sorti dans le couloir, en faisant tressauter son ventre et le reste. Ce type était énorme, dans les dix fois plus lourd que moi. J'ai attendu qu'il soit dans les escaliers pour replonger en vitesse sous le lit.

– Qu'est-ce qui te prend ? a dit ma tante. C'est un jeu ou quoi ?

Toujours est-il qu'elle a fait la même chose que moi, et qu'on s'est retrouvés tous les deux allongés en dessous du lit. J'ai trouvé le carton et je lui ai montré. C'était une carte de visite, avec un nom et une adresse. Noëlle l'a lue à voix haute.

– Robert Lombard. Photographie artistique. Quai des Poissons, n° 35.

– Ah, ah, ai-je dit.

– Tu le connais ? a dit Noëlle.

– Pas du tout.

– Et alors ? Qu'est-ce que cette carte fait là ?

J'ai secoué la tête, autant que me le permettait la position allongée, et le matelas à quelques centimètres de ma tête.

– C'est l'assassin.

– Tu crois ? a dit ma tante. Sortons d'ici, il faut qu'on tire ça au clair.

On s'est assis sur le lit, et on a relu la carte. Malheureusement, il n'y avait rien d'autre inscrit que le nom et l'adresse du photographe artistique. Charles n'avait sans doute eu le temps que de balancer le carton sous le lit, sans parvenir à écrire un mot de plus, pour qu'il n'y ait plus de doute. Il aurait pu ajouter un mot comme « assassin », ou « crime », je ne sais pas moi, ou même juste la lettre « A », tracée avec son sang. C'est terrible, les victimes qui ne se donnent même pas la peine de soigner les indices. Je commençais à croire que ce type n'était pas si fameux que ma tante le pensait. D'après elle, c'était rien qu'un type formidable et tout. Un type formidable aurait laissé autre chose qu'une carte de visite, qui n'était même pas la sienne, en plus.

– De toute façon, ai-je dit, c'est la seule piste qu'on possède. On va aller voir chez ce type Robert, et lui poser des questions.

– Tu crois ?

Elle n'arrêtait pas de me demander si je croyais, ces derniers temps. Elle a ajouté :

– Et si on en parlait à l'inspecteur ?

– Puisqu'il n'a pas été capable de trouver la carte la première fois, je ne vois pas ce qu'il en ferait maintenant.

On est retournés dans notre chambre.

La 13 avait donné tout ce qu'elle pouvait, question indices. J'avais la carte en main. J'ai fait un pas dans le couloir, et je me suis quasiment cogné à quelqu'un qui se tenait là tout près. C'était une femme avec une tête qu'on ne pouvait pas oublier quand on l'avait vue une fois. C'était la femme aux dents de lapin qui nous avait dépassés sur l'autoroute le matin, dans une Porsche avec un type au volant. C'était donc bien leur voiture que j'avais repérée devant l'hôtel.

La femme nous a regardés en silence, moi d'abord, puis Noëlle qui me suivait, spécialement Noëlle d'ailleurs, en s'attardant sur ses jambes qui dépassaient de sous sa chemise blanche. La femme a soufflé entre ses grandes dents, ça n'avait pas l'air facile, elle devait avoir l'habitude. Puis elle a haussé les épaules, s'est retournée et s'est éloignée sans rien ajouter, ni soufflement, ni rien.

On est revenus à la chambre 12, et pendant que ma tante s'habillait, je me suis rendu compte qu'il était midi passé et que j'avais faim.

8

On a suivi des petites rues à pied, en direction de la mer. Le ciel au-dessus des maisons était d'un bleu terrible, comme si on venait de le repeindre. Il commençait à faire chaud. Noëlle a aperçu un restaurant, avec deux tables sur le trottoir, qu'un type était occupé à essuyer. L'intérieur du restaurant était désert. C'était bizarre à cette heure-là, peut-être que la nourriture qu'on y servait était infecte. Mais Noëlle a insisté, et on s'est installés à la terrasse.

Le type nous a donné deux cartes. En face de nous, une rue descendait vers la mer. En me penchant sur ma chaise, j'en ai aperçu un bout.

Le type est revenu prendre la commande, et ma tante lui a demandé :

– C'est loin, le quai aux Poissons ?

– Pouvez pas vous tromper. Juste en bas de la rue.

Il a fait un geste en direction de la mer.
– Cherchez quelqu'un ? a-t-il ajouté.
– Non, non, j'ai répondu en vitesse.
Il valait mieux ne pas attirer l'attention. Je me suis concentré sur la carte. C'était simple. Il n'y avait que du poisson. Je déteste ça. Pas seulement le goût, mais la vue. On apporte le poisson sans même lui avoir enlevé la tête, c'est ça qui me tue. Il y a ses yeux de poisson qui vous fixent pendant que vous avalez la moindre bouchée. Et quand le poisson est plus gros et qu'on vous sert seulement une tranche, c'est moi qui n'arrête pas de penser à la tête et aux yeux, et ça me rend quasiment malade. Je n'ai jamais ça avec un steak et des frites, heureusement. Pour une fois que ma mère n'était pas là pour me forcer à avaler ces horreurs, je pouvais m'en passer.

L'ennui, c'est qu'il n'y avait pas grand-chose d'autre sur la carte. Ils avaient l'air d'avoir fabriqué tous les plats avec du poisson, même les apéritifs. Il y en avait un qui s'appelait « Délice marin ». Le seul truc mangeable, je l'ai trouvé dans la section desserts. Ça disait « Gâteau au chocolat ». J'étais presque sûr qu'ils n'avaient pas osé y fourrer leur saleté.

Enfin, on verrait bien. J'en ai commandé deux portions, vu que j'avais plutôt faim.

– Tu sais, a dit ma tante en se servant un verre de vin blanc, je n'arrive pas à me faire à l'idée que Charles est mort.

Je me suis rendu compte qu'elle n'avait apparemment fait que penser à lui tout ce temps. D'habitude, elle était plus excitée que ça, si on peut dire. Elle parlait plus. Une fois, je l'avais vue marcher à quatre pattes sous la table de la salle à manger, chez nous. Je m'étais dit qu'elle était folle. Je jugeais les gens trop vite, à l'époque.

Noëlle a continué, en traçant des lignes sur la nappe avec sa fourchette.

– Tu vois, Frank, on s'est quittés la semaine passée, lui et moi. Je n'aurais jamais imaginé qu'on ne se reverrait plus…

Elle commençait à bafouiller. C'était mauvais signe. Je sentais la crise de larmes, et je ne connaissais toujours pas la technique pour arrêter ça.

– Il t'a écrit ?

Elle a levé la tête et m'a regardé. Elle ne comprenait pas ce que je disais. J'ai ajouté :

– Ben oui. Si il est parti depuis une semaine,

il a dû t'envoyer une lettre, ou une carte postale, je ne sais pas moi.

En ce qui me concerne, c'est ce que j'aurais fait, bien que je ne sois pas le type envahissant et tout. Les lettres que j'envoyais, elles en valaient la peine. Je mettais d'ailleurs tellement de temps à les écrire, qu'une fois que c'était fait, ça ne valait plus le coup de les envoyer. Elles étaient fanées.

Ma tante a bu une gorgée de vin, puis elle a souri.

– Oui. Il m'envoyait des lettres. Il me téléphonait.

– T'en as ?

– Des lettres ? Je crois que j'ai la dernière avec moi. Pourquoi ?

Je sais que c'est indiscret. C'est bien pour ça que je voulais la voir, cette lettre.

– Je peux ?

– Pourquoi pas ?

Elle a fouillé dans son sac, puis a sorti une enveloppe et elle me l'a tendue. À l'intérieur, j'ai trouvé une photographie, et rien d'autre. Il fallait que je me contente de ça. On voyait un type, installé à une terrasse, et qui levait son verre au-dessus de la table, vers un deuxième type. Ni l'un ni l'autre ne regardaient en direction de l'objectif.

– C'est lequel, Charles ?

J'avais parié que c'était celui qui levait son verre, et j'ai gagné. J'ai des lumières dans la tête comme ça, des fois.

Charles souriait. Il avait l'air un peu idiot, mais c'était difficile de se faire vraiment une idée. L'autre type était très sérieux, au contraire, mais il avait l'air encore plus idiot. On apercevait d'autres personnes, installées aux tables alentour, sans pouvoir décider si elles aussi étaient idiotes ou non. Ça devait être une question de photo.

J'ai retourné la photographie, pour savoir qui avait pris le cliché. Souvent, ils mettent leur nom derrière, si vous voulez vous en faire un poster ou quoi. Il y avait un rond bleu avec un nom dedans. Et ce nom c'était « Robert Lombard. Quai des Poissons. »

Je l'ai montrée à Noëlle. Ça l'a tuée. Elle a bu un peu de vin, et a dit :

– C'est peut-être pour ça que cette carte de visite était en dessous de son lit.

J'ai mis le doigt sur le type à la table de Charles.

– Et lui, tu le connais ?

– Jamais vu, a dit Noëlle. Sans doute quelqu'un avec qui il faisait des affaires. Il ne me parlait pas beaucoup de son travail.

Elle a soupiré. J'ai encore regardé la photo. Et c'est à ce moment-là que j'ai remarqué la silhouette d'une femme, à une table derrière Charles et l'autre. Elle était un peu loin, mais on la reconnaissait. En tout cas, je l'ai reconnue à ses grandes dents de lapin. Vu qu'elle souriait, on ne pouvait pas les manquer. C'était l'espionne de tout à l'heure.

J'ai terminé ma deuxième tranche de gâteau. Il fallait qu'on rencontre ce photographe en vitesse. Mais Noëlle a tenu à commander des cafés. En voyant les sachets de sucre que le type apportait, je n'ai pas pu me retenir, et je les ai tous emportés. Depuis que je sais ce qu'on peut faire avec du sucre, c'est plus fort que moi.

9

On s'est repérés à l'odeur, pour dénicher le quai aux Poissons. Plus on approchait de la mer, et plus ça devenait infect. Les gens qu'on croisait ne donnaient pourtant pas l'impression que ça les dérangeait. Il y en a qui s'habituent à tout. Moi, je me pinçais les narines pour continuer à avancer. C'était comme si on plongeait dans une grande casserole de bouillabaisse. Tout le quartier sentait comme ça.

D'ailleurs le type Lombard avait installé son magasin dans une ancienne poissonnerie. Il restait la décoration d'avant, au-dessus de la vitrine. C'était une fresque maritime, dans son genre, avec des poissons de toutes les couleurs occupés à se serrer les nageoires les uns les autres.

Tout le monde ne peut pas avoir du goût, c'est ce que dit ma mère. J'aurais bien aimé qu'elle jette un coup d'œil sur le magasin de Robert Lombard. Il devait en avoir du goût, lui. Dans sa vitrine, il avait mis une dizaine de cadres avec des photos, et puis du sable, des poissons séchés qui sortaient la tête en ouvrant la bouche, et aussi deux étoiles de mer peintes en bleu et en rouge. C'était d'un riquiqui infernal. Avec l'odeur en plus de tout, je vous assure, ça devenait le truc le plus infect qu'on puisse imaginer. Ça me tue de voir ce que les gens font de leur vie, des fois.

Noëlle et moi, on n'a pas perdu trop de temps à examiner la vitrine en détail. J'ai poussé la porte du petit magasin.

L'intérieur était tout noir. Peut-être que le type Lombard se servait de son magasin pour développer ses photos ou quoi. Mais il n'y avait personne à l'intérieur, et avec tous les cadres qui bouchaient la vue, la lumière pouvait pas entrer.

– Il y a quelqu'un ? a crié Noëlle.

– Voilà, voilà, a fait une voix dans la pièce à côté.

On a entendu du bruit, l'espèce de rideau de perles qui séparait les deux pièces s'est écarté, et le lustre accroché au plafond s'est allumé. Je préférais encore quand on n'y voyait rien. Les murs du magasin étaient remplis de photos encadrées, avec des bébés, des gosses qui jouaient au ballon, des vieux qui se mariaient, des groupes. C'étaient les groupes qui étaient les plus infects, en tant que sujets. Tous les gens rassemblés là-dessus souriaient de la façon la plus idiote que je connaisse. C'est pour ça que je ne veux jamais faire partie des groupes. Ma mère prétend que je suis désagréable quand je refuse. Elle comprend pas que c'est une question d'esthétique et rien d'autre.

La vieille dame qui avait écarté le rideau s'est avancée vers nous en souriant. À force de vivre au milieu de ces cadres, ça avait dû la contaminer. C'était moche pour elle.

– Madame, jeune homme.

On aurait dit la voix d'une chèvre quand elle a parlé. D'ailleurs, en général, elle ressemblait à une chèvre. Il m'arrive de voir les gens se transformer en bestioles rien qu'en les regardant.

Je respirais une fois toutes les deux minutes, pour ne pas avaler trop d'air poissonnier, alors c'est Noëlle qui a demandé si Robert Lombard était là.

– Non, non, a dit la vieille dame. Il est parti en reportage. Mais je peux peut-être vous aider. C'est pour retirer une commande ?

– Non, a dit Noëlle. C'était plutôt personnel. Il rentre quand ?

– Oh, je ne sais pas, a fait la vieille dame en se frottant les mains. Ça dépend. Parfois, ça lui prend tout l'après-midi. Surtout quand il fait beau comme aujourd'hui. Il en profite pour travailler un maximum, c'est normal, si je puis dire.

Elle a fait un geste du bras pour nous montrer le tas de cadres autour, comme si c'était une preuve de ce qu'elle venait de dire. En tant que démonstration, ce n'était pas très clair, mais tant pis, on n'a pas insisté. Elle devait nous cacher des choses sur le type Lombard.

J'ai pris la photo de Charles dans le sac de Noëlle, et je l'ai montrée à la vieille, qui avait recommencé à se frotter les mains.

– Cette photo, elle vient bien d'ici, non ?

Elle l'a retournée pour vérifier le cachet.

– Oui, c'est bien exact. C'est le nom de mon fils. Robert Lombard.

Elle a souri.

– Je suis madame veuve Lombard.

– Enchantée, a dit Noëlle, sarcastique et tout.

– Et sur la photo, j'ai dit, vous reconnaissez quelqu'un ?

J'avais lu qu'il faut poser des questions idiotes, pour l'effet de surprise.

La vieille dame s'est planté la photo à deux centimètres du nez. Puis, elle s'est décidée à sortir une paire de lunettes de la poche de son tablier. Pendant une seconde, j'ai cru voir une chèvre à lunettes. Infect, je vous dis. Elle a examiné la tête des gens.

– Non... Non...

– Et celle-ci ?

J'ai mis le doigt sur la femme aux dents de lapin, c'était terrible toutes ces bestioles, une chèvre, un lapin, sans parler des poissons.

La vieille dame a aussitôt relevé la tête et m'a regardé d'une drôle de manière. Peut-être qu'elle aussi me voyait en forme d'animal ou je ne sais quoi.

– Cette dame-là ?

– Oui. Vous la connaissez ? a dit Noëlle.

– Non, a répondu la vieille sèchement.

Qu'est-ce que vous lui voulez ?

Elle s'inquiétait.

– On est détectives, j'ai dit. On enquête sur un meurtre, alors vous auriez intérêt à nous dire ce que vous savez. Sinon vous entravez la justice.

– Un meurtre, a dit la dame. Quel meurtre ?

Juste à ce moment-là, alors qu'elle allait craquer et tout avouer, le téléphone a sonné dans la pièce à côté. Elle est allée décrocher, l'air contrarié.

– On avance, ai-je dit à Noëlle. C'est la femme aux dents de lapin qui a tué Charles, sûrement.

– On va voir, a dit ma tante.

De l'autre côté du rideau de perles, la vieille dame s'était mise à parler. On l'entendait comme si c'était à nous qu'elle parlait. Elle a dit :

– Oui, oui, Robert m'en avait touché un mot, mais maintenant, c'est trop tard, si vous voulez mon avis. Ils sont déjà là. Comment ? Mais oui au magasin, puisque je vous le dis.

C'était de nous qu'il était question.

J'ai regardé Noëlle, mais elle avait tout compris.

– Je ne peux rien vous dire de plus, a repris la vieille dame au téléphone. Le petit était justement en train de me poser des questions à votre sujet…

À sa place, je n'aurais pas parlé aussi fort, déjà que je chuchote au téléphone, en temps normal.

Elle a terminé en disant :

– Oui, oui, bon, je vais voir ce que je peux faire pour les retenir, mais dépêchez-vous.

Puis elle est revenue dans le magasin en souriant.

– Qu'est-ce que vous me demandiez ? Si Robert allait rentrer bientôt ? Je pense qu'il ne va plus tarder et que vous pouvez l'attendre ici quelques minutes.

– Écoutez, j'ai dit. Il ne faut pas vous fatiguer à nous raconter des mensonges. On va attendre sagement madame Lapin et on va s'expliquer, d'accord ? Pas besoin de nous faire tout un numéro.

– Elle ne s'appelle pas madame Lapin, a fait la vieille. Elle s'appelle Kalisky.

10

Madame Kalisky a mis six minutes pour arriver jusqu'au magasin. J'ai contrôlé, il y avait une horloge au-dessus du comptoir, une horloge avec une photo de groupe à l'intérieur.

La vieille dame nous surveillait comme si on avait l'intention de lui piquer un de ses cadres. Il fallait être cintré pour risquer un truc pareil.

– Alors comme ça vous êtes détectives, a dit la vieille dame.

– Mais non, a dit Noëlle.

– Bien sûr que si, j'ai dit. On fait une enquête.

– Et vous êtes à la recherche de quoi ?

Elle commençait à se passionner. La vie d'un détective passionne toujours les gens.

– On cherche un cadavre.

– D'habitude c'est le contraire, a dit la

vieille dame. C'est l'assassin qui disparaît, si vous voulez mon avis.

– Dans ce cas-ci, c'est la victime, ai-je dit. C'est un nouveau style d'enquêtes.

– Mais si la victime a disparu, comment savez-vous que c'est un meurtre ? a encore demandé la vieille dame.

Elle n'avait l'air de rien comme ça, mais elle posait des questions drôlement difficiles.

– On est des professionnels, j'ai dit.

– Je voudrais juste savoir ce qui s'est passé, a dit Noëlle. Et peut-être que monsieur Lombard pourra nous donner quelques renseignements.

C'est alors que la femme aux dents de lapin a fait irruption dans la boutique, en soufflant très fort. Aparemment, elle venait de courir pendant plusieurs kilomètres. Sans reprendre sa respiration, elle s'est avancée vers Noëlle.

– Donnez-la-moi, a-t-elle lâché entre ses dents.

– Pardon ? a dit Noëlle.

– Vous fafez très bien de quoi je feux parler, ne faites pas l'idiote.

C'est comme ça qu'on a compris qu'elle avait un défaut de prononciation. C'était un peu normal, toutes les lettres ne pouvaient pas passer au travers.

– Je ne vous permets pas, a dit Noëlle. Idiote vous-même.

C'est la première fois que je la voyais s'énerver depuis qu'on était partis. C'était comme ça que je la préférais.

Madame Kalisky s'est rapprochée un peu plus et elle lui a tendu la main.

– Alors, f'est dans fotre sac ?

À sa place, j'aurais pas utilisé des mots avec trop de « s » et de « v ». Ça devenait terrible au niveau de la compréhension. Il fallait qu'on prenne plusieurs secondes à chaque fois avant de saisir ce qu'elle disait. Ce qu'elle difait.

– F'est là-dedans ?

Elle a mis la main sur le sac de Noëlle et l'a empoigné. Ma tante a essayé de lui faire lâcher prise en tirant dans l'autre sens.

– Mais voulez-vous bien ?...

– N'infiftez pas, a dit l'autre en continuant de s'agripper au sac. D'une manière ou d'une autre, nous la récupérerons, il faut bien fous mettre ça dans la tête.

J'ai fini par comprendre de quoi elle parlait. La photographie de Charles, c'est moi qui l'avais gardée après l'avoir montrée à la vieille dame. Je l'ai sortie de ma poche.

– C'est peut-être ça que vous cherchez ?

Madame Kalisky s'est tournée dans ma direction, en lâchant le sac de ma tante. Puis elle a souri. Elle n'aurait jamais dû sourire, pas avec des dents comme ça.

– Eh bien foilà, fous defenez raifonnables.

Elle a fait deux pas vers moi en tendant la main. Mais au moment où ses doigts allaient se refermer sur la photo, je l'ai tirée en arrière d'un geste brusque. On a quasiment pu entendre ses ongles claquer dans le silence.

– Allez, fesse de jouer.

Elle avait de ces mots, des fois. Elle a avancé le bras par-dessus ma tête. Elle était plus grande que moi, c'est normal, j'ai l'habitude. Je rencontre très peu de gens qui sont d'une taille inférieure à la mienne. Ma mère prétend que je ne bois pas assez de lait. Elle non plus n'en boit jamais une goutte, alors qu'est-ce que vous voulez que j'en tire comme conclusion ?

Madame Kalisky était tellement près de moi que j'avais ses dents de lapin à dix centimètres au-dessus de mon visage. Elle grimaçait à cause de l'effort.

– Laissez-le tranquille, a crié Noëlle. Mais qu'est-ce que vous voulez, à la fin ?

– Je feux fette photo ! a hurlé madame Kalisky. Je feux fette photo, et je l'aurai.

Elle a pris appui sur mon épaule pour agripper le cliché que je tenais derrière moi. Je me suis reculé et dans le mouvement je me suis cogné au mur. Les cadres se sont mis à trembler.

– Oh là là, a fait la vieille dame qui s'était réfugiée derrière le comptoir. Ne vous battez pas ici, vous allez casser quelque chose. Vous allez abîmer la marchandise.

Le téléphone a recommencé à sonner dans la pièce voisine. Madame Kalisky a été surprise, elle a tourné la tête et j'en ai profité pour la repousser. Je me suis dégagé et je suis allé me mettre à côté de Noëlle. Je tenais toujours la photo en main, et je l'ai un peu agitée devant le nez de la femme enragée. D'habitude, je n'aime pas trop ça, exciter les gens, mais là, c'est elle qui avait commencé. Puisqu'elle voulait tellement récupérer la photo, c'est que ce truc avait beaucoup d'importance. Il fallait donc le garder, c'était clair.

Peut-être qu'on apercevait madame Kalisky en train de poignarder Charles dans le dos. Je ne me souvenais pas d'avoir vu ça, mais il se pouvait très bien que j'aie mal regardé.

– Oui, oui, a dit la vieille dame au téléphone, en criant comme d'habitude. Ils sont en train de se battre dans le magasin, ils vont tout casser, si tu veux mon avis. Il faut que tu reviennes tout de suite.

– Allez, petit imbéfile, a dit madame Kalisky. Fous n'afez plus aucune chanfe. Robert fera là dans une feconde.

Elle s'est précipitée pour se mettre entre nous et la porte, pour nous empêcher de passer.

– Donne-moi la photo maintenant, fa faudra mieux pour tout le monde.

– Laissez-nous sortir, vieille chipie, a dit Noëlle.

– Pas queftion.

Alors elles ont commencé à s'empoigner. J'en ai profité pour glisser la photo derrière un des cadres accrochés au mur. Il y avait des milliers de photos dans la boutique, je me suis dit que la meilleure façon d'en cacher une, c'était de la mélanger aux autres.

Ça a l'air cintré comme raisonnement, mais je n'avais pas vraiment le temps de réfléchir.

Noëlle et madame Kalisky se poussaient dans un sens puis dans l'autre, comme dans un ballet. J'ai bien examiné le cadre derrière lequel je venais de glisser la photo de Charles. Il fallait que je puisse la retrouver sans problèmes, plus tard. Ça représentait un morceau de mer, et la plage aussi, avec des tas de gens en train de nager et de regarder ailleurs. J'étais sûr de me souvenir de ça. D'ailleurs, à ce qu'il m'a semblé, c'était la seule du genre dans la boutique, une chance.

Alors je me suis retourné pour aider Noëlle, juste à temps pour apervevoir un homme qui s'apprêtait à entrer. Il portait un appareil photo autour du cou. Il a jeté un regard à l'intérieur du magasin, puis il a poussé la porte très fort, on aurait dit qu'il voulait l'enfoncer. Il n'avait pas dû apercevoir madame Kalisky qui se tenait juste derrière. La porte est venue frapper la femme en plein milieu du dos, elle a poussé un cri, et elle s'est étalée sur le sol devant moi.

Le type a dit « Merde », et il n'avait pas tort.

11

J'ai compris que c'était Robert Lombard. Il s'est penché pour relever madame Kalisky étendue sur le sol, et j'en ai profité pour foncer vers la sortie. J'ai pris Noëlle par la main, et au passage on a un peu bousculé le type, qui n'était pas trop volumineux, question carrure. Ça a suffi pour le faire tomber lui aussi. Il s'est affalé sur la dame. Le sol du magasin était couvert de corps qui gesticulaient, c'était cochon ce mélange.

– Idiot ! a crié la dame en essayant de se dégager. Mais pouffe-toi un peu, imbéfile.

Elle n'arrêtait pas d'injurier les gens, alors que moi, avec la tête qu'elle se payait, je me serais tenu tranquille. Ça devait provenir d'un complexe dans sa vie, qu'elle avait eu quand elle était gosse ou quoi. On ne sait jamais ce que les gens ont pu avoir, en tant qu'expériences.

En tout cas, on a fini par se retrouver dehors, Noëlle et moi, en se faufilant par l'ouverture de la porte, que le type Lombard tentait pourtant de coincer avec son pied.

Derrière, ou plutôt en dessous, la dame a hurlé :

– Ils f'en font ! Retiens-les. Fais quelque chofe !

Mais c'était trop tard. Noëlle s'est mise à courir et j'en ai fait autant. Dehors, l'odeur de poisson avait un peu diminué, à ce que j'ai cru, ou peut-être qu'on s'y habituait, finalement. On a tourné au coin du quai, et on a remonté la rue en direction du petit restaurant. Je ne savais pas combien de temps ils allaient mettre pour se démêler, dans le magasin, mais de toute façon ça ne durerait pas très longtemps. Je me suis retourné. Ils n'étaient pas encore arrivés au coin, on avait un peu d'avance, il fallait en profiter. Heureusement Noëlle a trouvé la solution. On était tout près du restaurant. On a foncé à l'intérieur.

Le patron était occupé à essuyer les tables avec un torchon blanc. C'était une espèce de manie chez lui. La porte s'est refermée toute seule grâce à un mécanisme, on s'est jetés en dessous d'une table, et c'est alors qu'on a entendu les deux autres qui s'étaient mis à notre poursuite.

Ils sont passés à côté du restaurant, ils l'ont dépassé en courant, et le bruit de leurs pas s'est éloigné. Ils ne nous avaient pas repérés. On avait gagné.

Puis le patron s'est approché.

– Qu'est-ce qui se passe ? C'est une blague ou quoi ?

Je lui ai fait signe, un genre de geste pour lui demander de se taire une seconde. La plupart des gens comprennent. Mais il n'avait pas l'air d'en faire partie.

– Si vous voulez faire les fous, zavez pas intérêt à mettre du bordel.

– On est poursuivis par des tueurs, ai-je dit. C'est eux qui viennent de passer.

– C'est dingue, a dit Noëlle. Quelle enragée, celle-là. Je me demande bien ce qui lui a pris.

Le patron est allé voir ce qui se passait dehors, puis il est revenu.

– C'est pour amuser votre gosse que vous faites ça ? C'est un demeuré ou quoi ?

– Je vous assure, a dit Noëlle. Ils nous poursuivaient.

– Qui ça ?

Question demeuré, il y en a qui savent de quoi ils parlent.

– Les gens du magasin de photos, a dit Noëlle en se recoiffant.

– Robert ?

Je me suis relevé à mon tour, en fronçant les sourcils. Ça me donne une sale tête.

– Vous le connaissez ?

– Si je connais Robert ? a dit le patron. Je pense bien. Depuis qu'on est gosses. Qu'est-ce que vous lui voulez, à Robert ?

– Mais rien, a dit Noëlle. Au contraire. C'est eux qui voulaient nous voler une photo.

– Parce que vous pensez qu'ils n'en ont pas assez comme ça ?

– Celle-ci a quelque chose de spécial, ai-je dit. C'est la preuve que ce sont des assassins.

Je n'étais pas trop sûr de ce que j'avançais, mais je me suis dit que ça allait l'achever, ce demeuré.

Il a éclaté de rire.

– Robert, un assassin ? C'est ridicule. Il ne

ferait pas de mal à une mouche. Je l'aime bien, Robert, je vous jure. Mais si vous ne l'avez vu même qu'une seconde, vous ne pouvez pas imaginer qu'il aille faire du mal à quelqu'un. Pas avec sa carrure.

Bon, c'est exact que le type Lombard n'avait pas la taille d'un tueur. Il était petit et mince, proportionnellement à ce qu'on pouvait attendre, c'est bien ce qui m'avait semblé les quelques secondes où je l'avais vu debout. Après, emmêlé à la dame, c'était plus difficile à dire.

– N'empêche qu'ils voulaient nous empêcher de sortir, a dit Noëlle.

– Lui et sa mère ? a fait le patron. La petite vieille ?

– Il y avait aussi une certaine madame Kalisky, c'est surtout elle qui était enragée.

– Connais pas, a dit le patron. Me demande si vous êtes pas des petits rigolos, tous les deux.

Il a reniflé.

– Zêtes sûrs que vous avez pas fauché un truc chez Robert, plutôt ?

– Mais pas du tout, a dit Noëlle. Puisqu'on vous dit que c'est eux qui avaient dans l'idée de nous reprendre une photo. Ne venez pas nous accuser.

– Quelle photo ? a demandé le patron.

– Celle-ci.

Noëlle m'a regardé, en attendant que je sorte le cliché. J'ai souri. C'était bête, mais je n'ai pas pu m'empêcher de sourire.

– Eh bien, montre-la, a insisté Noëlle. Tu vois bien que monsieur ne nous croit pas.

– Je ne l'ai plus.

– Quoi ?

J'ai écarté les bras.

– Je ne l'ai plus.

– Tu veux dire que tu as perdu la photo ? a dit Noëlle.

Ça se voyait dans son regard qu'elle avait mis en moi beaucoup d'espoir.

– Je ne l'ai pas perdue, ai-je dit. Je l'ai cachée, c'est tout. Personne d'autre que moi ne sait où elle est, et il n'y a pas de danger qu'ils la trouvent.

J'ai levé les yeux. Le patron écoutait. Impossible de dire à Noëlle où j'avais caché la photo avec ce type qui n'en perdait pas une miette et qui était copain avec Robert Lombard.

– Tu es sûr ? a dit Noëlle.

Le patron a soupiré, puis il a tourné la tête vers l'extérieur.

– Tiens, justement, le voilà, Robert. M'en vais lui demander ce qu'il en pense, de votre histoire.

Et il est allé ouvrir, en criant :

– Hé, Robert ! T'as une seconde ? Viens voir par ici.

Au travers des vitres du restaurant, mon regard a croisé celui de madame Kalisky.

12

Quand le type Lombard et la dame sont entrés dans le restaurant, Noëlle m'avait déjà pris par la main.

– Frank, tu me suis ?

J'ai repéré une autre porte en face de nous, qui devait donner dans les cuisines. On s'est précipités dans cette direction-là.

Le restaurant n'était pas grand, et la cuisine encore moins. On l'a traversée en deux secondes. Il y avait des rangées de poêlons et de casseroles pendues au mur, mais on aurait dit que ça n'avait plus servi depuis le temps des Romains. C'était peut-être ça qui donnait cette odeur de poisson complètement infecte. Le type ne devait pas laver souvent la vaisselle. D'ailleurs, en parlant de vaisselle, il y en avait tout un tas qui grimpait quasiment jusqu'au plafond, sur le bord d'une table. Des assiettes qui devaient attendre les clients de ce soir et du lendemain.

Tout ça était vachement intéressant, mais il fallait qu'on en sorte, de cette cuisine, parce que derrière nous, ils se rapprochaient vite. Je me suis rendu compte que la cuisine donnait sur une petite cour, qu'on apercevait à travers une fenêtre. On a couru par là, Noëlle et moi, et c'est au passage que j'ai accroché la pile d'assiettes. Elle a tremblé une seconde, en hésitant pour ainsi dire. Alors je l'ai aidée à se décider, et le milliard d'assiettes s'est fracassé sur le sol, en faisant un boucan du tonnerre.

On a tous été un peu surpris, surtout ceux qui se trouvaient derrière la montagne de morceaux d'assiettes. Dans le bruit, j'ai cru reconnaître la voix de la dame Kalisky qui engueulait quelqu'un. Je ne me suis pas retourné pour vérifier, on n'avait pas assez de temps pour ça.

Dans la cour, la situation était encore plus simple. Il y avait trois murs peints en blanc et une dizaine de bacs vides rangés dans un coin. À part ça, rien.

Noëlle m'a regardé puis elle a dit :

– Tant pis, on saute.

De moi-même, j'aurais jamais osé lui proposer. On a grimpé sur les bacs. Vu que j'étais le plus petit, ma tante m'a tiré par le bras jusqu'au-dessus, puis sans hésiter on a basculé en haut du mur, comme pendant les cours de gymnastique. Mais je n'ai jamais risqué une manœuvre pareille au cours de gymnastique sans réfléchir avant. Ça doit être ce qui me fait perdre mes moyens.

En tout cas, ce qui s'est passé ici c'est qu'on s'est retrouvés dans une autre cour, Noëlle et moi, juste un peu plus grande que celle du restaurant. Au milieu se trouvait un vieux monsieur, occupé à prendre l'air sous un parasol. Il a ouvert les yeux tandis qu'on se remettait debout. Puis il a pris la pipe qu'il avait en bouche.

– Ne vous en faites pas, a dit Noëlle avant de lui laisser le temps de parler. On ne fait que passer. Ne vous dérangez pas.

Le vieux bonhomme a voulu se lever. Il a tendu la main droite, sans doute pour saisir sa canne en bois, à côté de son fauteuil. J'étais tout près de lui, c'était pas difficile vu la grandeur de la cour. C'était comme s'il me tendait la main, à moi. Alors je l'ai serrée dans la mienne, juste un peu, je l'ai agitée et j'ai dit :

– Enchanté, mon vieux.

Il valait mieux rester poli avant de savoir de quoi il était capable. C'était peut-être encore un copain d'enfance du photographe artistique.

Noëlle s'est retournée.

– Bon, tu viens ?

Je commençais à me dire que c'était elle qui lui avait fait mener une vie fabuleuse, à Charles, et pas le contraire. On est entrés dans la maison. Ici aussi, la cour menait dans la cuisine. Des odeurs de poisson flottaient dans l'air. Une vieille dame nous tournait le dos, occupée à préparer du café dans une machine.

Elle s'est arrêtée en nous entendant.

– Je pense que votre mari vous appelle, a dit Noëlle.

– Ah bon, a fait la vieille dame. Vous êtes sûre ?

Elle a regardé le monsieur, dehors, qui essayait toujours de se mettre debout.

On n'a rien répondu et on les a laissés se débrouiller. On a traversé la maison, en cherchant la sortie, Noëlle devant moi, excitée comme c'était pas possible, avec son sac qu'elle n'avait jamais lâché, et les mèches de ses cheveux qui faisaient comme du brouillard blond autour d'elle. Heureusement que je ne croyais plus aux fées depuis longtemps.

On a débouché dans un couloir, encombré d'un tas de babioles sur les murs, et d'autres posées sur des petites étagères. On aurait dit la maison de ma grand-mère. Peut-être que toutes les maisons de grand-mères se ressemblent. Elles doivent trouver le modèle dans des bouquins. Ça a l'air si fragile, pareil à des maisons de poupées, une taille plus grande. Quand je vais la voir, ma grand-mère à moi, j'essaie de m'asseoir quelque part et de ne plus bouger, coincé dans un fauteuil. J'ai sacrément peur de casser un vase ou autre chose, un calendrier en plâtre. J'imagine qu'elle pourrait se mettre à pleurer. Une fois, j'ai vu ma grand-mère pleurer, et je ne tiens pas à ce qu'elle recommence.

J'ai donc essayé de ne rien accrocher, pour une fois, en courant jusqu'au bout de ce couloir. C'est pas parce que c'était pas ma propre grand-mère qu'il fallait la faire pleurer. Au bout de ce couloir se trouvait la porte, ce qui est plus ou moins normal. Mais on devait s'attendre à tout dans cette ville de cintrés. L'ennui, c'est que la porte était bouclée, à double tour, on aurait dit. Et la clé ne se trouvait pas dans les environs, on s'en est rendu compte tout de suite. Elle n'était pas sous le paillasson en corde, ni dans la potiche avec un Chinois dessus qui souriait.

– Ah, ah, vous êtes là, a dit une voix derrière nous.

C'était le vieux monsieur, appuyé sur sa canne qu'il avait enfin trouvée, et qui s'avançait dans notre direction, mais à une allure plutôt lente. Spécialement lente, si vous voyez ce que je veux dire.

– On ne peut pas sortir d'ici, a-t-il ajouté, c'est impossible.

On aurait dit que lui-même avait essayé pendant des années.

On avait le temps de réfléchir, pendant qu'il avançait, mais ça ne servait à rien. Je ne voyais pas ce qu'on pouvait encore tenter, à part bousculer le vieux monsieur. Et ça, c'était exclu. J'ai beau avoir des idées infectes, des fois, c'est quelque chose que je ne ferai jamais. De toute façon, pour aller où ?

Noëlle a regardé une deuxième fois à l'intérieur de la potiche, pour voir si cette saleté de clé ne s'y trouvait pas. Le Chinois dessiné sur le vase souriait comme pour se moquer de nous. Et en plus, il tenait en main une clé gigantesque, du genre château fort, qu'il agitait devant lui comme si il pouvait nous la passer. Les Chinois peuvent se révéler très forts sur la question des tortures.

Pendant ce temps-là, le vieux monsieur continuait d'avancer vers nous, c'était comme une scène au ralenti, il posait sa canne devant lui, il s'appuyait dessus, il mettait son pied gauche à côté de la canne, puis il faisait un pas avec le droit. Et il recommençait tout dans le même ordre, depuis le début.

De notre côté, on attendait, Noëlle et moi, coincés de façon tout à fait correcte. Si le vieux était lui aussi un ami de Robert Lombard, ou bien simplement s'il appelait la police, on était cuits.

Vu que le couloir n'était pas trop grand, question métrage en longueur, au bout de deux ou trois minutes, il a fini par nous rejoindre, le monsieur. On n'a rien dit, c'était plutôt à lui de voir pour la suite des événements.

Il a souri, en se calant bien solide sur ses jambes.

– Alors, comme ça, on saute par-dessus le mur du restaurant, hein ?

J'ai regardé Noëlle. Elle a fait oui de la tête. Je l'ai imitée, à tout hasard.

– Ha ! a fait le vieux monsieur. Ha, je connais ça.

Il a agité la main devant lui, celle qui ne tenait pas la canne. Il avait l'air content.

– À moi aussi, c'est arrivé, cette affaire-là, et plus souvent qu'à mon tour. Mais je pensais bien que plus personne ne risquait ça de ces temps-ci.

Il a encore fait un geste, en manquant accrocher la potiche.

– Ah, si vous saviez, je pourrais vous en raconter des belles, ça je vous jure. Même qu'une fois ça a duré tout l'après-midi, la poursuite, avec le loufiat qui ne voulait pas me lâcher. Vous vous rendez compte ? J'étais jeune à cette époque-là.

– Qu'est-ce que vous faisiez ? a demandé Noëlle qui ne comprenait pas.

Je dois bien avouer que pour une fois, je ne comprenais pas non plus. Le vieux a quasiment poussé un cri.

– Je partais sans payer ! Comme vous. J'ai fait ça des dizaines de fois, croyez-moi si vous voulez. Je mangeais dans un bon restaurant et je me tirais sans régler la note, c'était même ce qu'il y avait de meilleur. De toute façon, les patrons des restaurants, les magasins, les banques, c'est des voleurs ces gens-là, rien que des voleurs.

Il s'est arrêté. Il se fatiguait un peu. Puis il a encore dit, après avoir repris son souffle :

– Vous êtes les premiers qui se sauvent par chez moi. Ça fait vingt ans que j'attends ce moment-là.

Et puis, à voix basse :

– Je le déteste, le type d'à côté. Si vous saviez comme je le déteste. Il nous envoie toutes ses fumées dans les cabinets.

– Papy, qu'est-ce que tu fais ? Où es-tu ? a crié une voix plus loin.

– Rien, rien, a fait le vieux monsieur un peu énervé. Je parle, si ça ne te dérange pas. Je parle avec des amis. Fiche-moi un peu la paix.

Il s'est retourné vers nous.

– Et si je vous offrais un petit remontant pour vous remettre de toutes ces émotions ?

– C'est que... a dit Noëlle en hésitant.

– On n'a pas beaucoup de temps, j'ai ajouté.

– Vous êtes sûrs ? Juste un petit en vitesse ?

– On a encore plein de choses à régler, a dit Noëlle. Je vous jure, sinon ce serait de bon cœur.

– On cherche un cadavre, j'ai dit.

– Ah bon, a repris le monsieur. Même pas pour me faire plaisir ?

Il a agité la tête. Ça le rendait triste, tout d'un coup, qu'on ne puisse pas rester.

– Est-ce que vous pouvez nous ouvrir ? a demandé Noëlle. Vous êtes très gentil, on aimerait beaucoup passer l'après-midi avec vous, mais comme Frank vient de vous dire...

Il a regardé la porte.

– Pour ça, il faut que je demande à ma femme.

Il a haussé les épaules, juste un petit mouvement d'un millimètre, mais c'était clair, en tant que manifestation. Puis il est reparti, en déclarant :

– Ne bougez pas, je reviens.

De dos, il paraissait plus petit, plus arrondi au niveau des épaules. Ça devait être la perspective du couloir. Il a disparu en tournant au bout. On a attendu en silence. J'en ai profité pour faire une grimace au Chinois sur la potiche. Il pouvait se la garder, sa clé. Il était monstrueux, ce type-là. Aucun sens de l'humour.

Le monsieur est revenu. J'avais le sentiment qu'il avait mis des heures pour obtenir la clé. Peut-être qu'il avait dû parlementer avec sa femme. On ne sait jamais ce qui peut se passer dans la vie d'un couple, surtout un couple très usagé.

On s'est écarté pour lui laisser le passage. Il a introduit la clé dans la serrure, et a enfin ouvert cette porte. J'aurais bien aimé lui serrer la main, maintenant que je le connaissais un peu mieux, mais il tenait sa canne dans l'une et la clé dans l'autre. Alors je lui ai juste dit :

– Au revoir.

Il suffit de bien prononcer pour faire comprendre aux gens ce que vous voulez dire.

Je me suis retourné après une dizaine de mètres. Il a levé la main pour nous faire signe, puis il a refermé sa porte, tout doucement.

13

Nous avons pris la direction de l'Hôtel du Pélican, après avoir vérifié que madame Kalisky et le type Lombard n'attendaient pas dans les parages. Mais à cette heure-ci, les rues étaient quasiment vides. C'est comme ça dans les pays chauds, les gens sont tout à coup très fatigués vers l'après-midi, et ils s'endorment chez eux. Il restait juste quelques chats, la plupart très fatigués eux aussi. Ils dormaient installés dans le soleil, en ouvrant de temps en temps un œil pour nous regarder passer.

Noëlle marchait à côté de moi. Elle me regardait en souriant, mais je savais bien qu'elle était inquiète. À un moment, elle s'est mise à fouiller dans son sac. Mais elle n'en a rien sorti.

– Je me demande bien pourquoi elle était enragée comme ça après cette photo, a-t-elle dit.

J'ai fait un geste avec mes épaules, pour lui faire comprendre que je ne savais pas très bien non plus ce que cette photo avait de si terrible. Ça devait être une affaire d'espionnage, c'était un truc que je sentais, mais je n'arrivais pas à bien définir ce qui avait dû se passer.

– Où est-ce que tu l'as fourrée ? a demandé ma tante.

– Elle est dans le magasin.

– Quoi ? Tu veux dire qu'on va être obligés d'y retourner ?

– Ben oui.

Elle a fait une sale tête. Ça ne lui plaisait évidemment pas, mais je ne m'étais pas débarrassé de cette photo pour lui faire plaisir.

– En tout cas, a repris Noëlle, ce qui est sûr, c'est qu'ils ont quelque chose sur la conscience. D'une certaine façon, tu avais raison.

Encore heureux qu'elle le reconnaisse. On venait de tomber en plein milieu d'une espèce de trafic international, ou je ne sais quoi, sur des tueurs peut-être, ou même des trafiquants de drogue, et tout ce qu'elle trouvait à dire, c'était qu'ils avaient quelque chose sur la conscience. Elle se rendait compte de rien.

Je me suis arrêté à l'ombre d'un petit arbre, planté au milieu du trottoir.

– Et Charles ?

– Quoi ?

Noëlle est venue s'appuyer sur l'arbre.

– Qu'est-ce que tu veux dire, avec Charles ?

– Il y a bien quelqu'un qui est responsable, non ?

Je devais faire attention de bien choisir mes mots, sans quoi j'allais provoquer une crise. On ne prend pas assez garde à la force qu'ont les mots, des fois, surtout certains.

– Tu crois que c'est eux ? a demandé Noëlle.

– J'en sais rien, j'ai dit.

En fait, j'en étais sûr, mais comme c'était seulement une intuition fugitive, je préférais ne pas en parler. Une intuition fugitive, c'est une idée qui vous passe dans la tête à une vitesse tellement énorme qu'elle vous laisse juste une traînée lumineuse, comme la trace d'une fourchette dans de la purée, et puis vous vous demandez ce que vous allez bien pouvoir faire avec ça. Heureusement que je n'en ai pas trop souvent. J'aime mieux les idées sûres et certaines, mais elles sont plus rares, à ce qu'il semble.

On est arrivés devant l'hôtel. La fausse Porsche blanche était toujours garée devant.

– Et si ils sont à l'intérieur ? a dit Noëlle.

Elle m'a pris par le bras, alors que j'allais m'élancer. Et juste au même moment, le type Lombard est apparu à la porte de l'hôtel. Dans un même mouvement, Noëlle et moi, on s'est reculés pour se cacher derrière une camionnette en stationnement de l'autre côté de la rue.

Mais vu que les alentours étaient très calmes, on l'a entendu dire, alors qu'il se retournait vers l'intérieur :

– Eh bien, je retourne au magasin voir ce qu'il s'y passe. C'est bien cela ?

Il avait l'air tout perdu, Robert Lombard. Il n'avait plus son appareil autour du cou. Il a hésité avant de s'éloigner. En dépassant la camionnette, il a poussé un long soupir. Il avait comme une faiblesse dans le dos. J'aurais pu le bousiller sans problème, en tant qu'adversaire. Il ne ressemblait pas à un tueur, mais peut-être qu'il était du genre à ne s'exciter que dans des circonstances terriblement exceptionnelles.

– Bon, qu'est-ce qu'on fait ? a dit Noëlle. Si elle est dans le hall, on ne va pas pouvoir entrer.

– On peut attendre, j'ai dit. Des fois, ils finissent par se fatiguer et ils s'en vont.

– Et on va attendre combien de temps ?

– Quinze jours, ai-je dit de façon complètement ironique.

– Oh, arrête, a fait Noëlle. Il faut qu'on entre dans cet hôtel. Il faut qu'on récupère nos trucs. Il faut qu'on prenne une douche.

– Une douche ?

Elle en avait pris une pas plus tard que ce midi. C'est fou ce que les gens peuvent gaspiller leur énergie et leur temps à se laver.

– Je sens la sueur, a dit Noëlle.

– Et alors ? On est partis pour une réception, ou quoi ?

Elle faisait de nouveau la grimace, pareille à une gosse.

– Eh bien, vas-y, j'ai dit. Puisque tu sens la sueur.

Elle m'a regardé en souriant.

– C'est vrai, après tout, pourquoi pas ?

Ça me tuait, ce genre de réactions typiquement féminines. C'est à base de provocation et d'inconscience, et vous avez beau les connaître, vous n'arrivez jamais à vous y faire. C'est du moins ce que j'avais remarqué personnellement.

Elle n'a même plus fait semblant de se cacher derrière la camionnette.

– Allez, on ne va pas rester ici jusqu'à demain. Moi, j'y vais. On verra bien ce qui se passera.

J'étais forcé de la suivre, puisqu'elle était décidée. Et sans armes, en plus. Si madame Kalisky sortait une mitraillette, on n'avait rien pour se défendre, même pas un couteau ou une branche pour lui taper sur le dessus du crâne. Je me suis fouillé pour vérifier, parce qu'il m'arrive d'oublier des trucs que je mets dans mes poches. La seule chose un peu spéciale que j'avais, c'était les sachets de sucre que j'avais emportés du restaurant. Mais le sucre tout seul, c'était aussi inoffensif qu'une punaise, et encore.

Devant moi, ma tante traversait la rue. Sa petite voiture de sport rouge était toujours garée sur la gauche. Il y avait une place vide à côté et comme on la dépassait, une autre voiture est venue s'y ranger. Une voiture de la police, blanche avec des bandes bleues et une lampe sur le toit.

J'ai sauté d'un bond sur Noëlle, j'ai saisi son bras et j'ai voulu l'emmener sur le côté. Elle résistait.

– Mais laisse-moi. Je veux y aller. Qu'est-ce qu'elle peut me faire, de toute façon ?

Elle s'est tournée en disant ça et elle a aperçu en même temps que moi l'inspecteur de police qui sortait de la voiture en tirant sur sa pipe. Comme il nous l'avait dit ce matin, c'était lui qui devait s'occuper de tout.

On s'est éloignés en marchant aussi vite que possible, sans attirer l'attention. Noëlle se taisait, serrée contre moi. J'essayais de marcher au même rythme qu'elle. C'est un truc qui s'apprend, ça, marcher au bras d'une fille, c'est comme rouler à bicyclette.

Arrivé à côté de la terrasse d'un magasin, avec une toile au-dessus des fruits pour faire de l'ombre, j'ai regardé derrière nous. L'inspecteur avait disparu.

– Elle a appelé la police, j'ai dit.

– C'est incroyable ! Alors que c'est elle qui nous poursuit.

– Elle va lui raconter des trucs infects.

– Et on ne peut pas prouver le contraire tant qu'on n'a pas la photo, a dit ma tante.

Pas besoin d'insister, c'est moi qu'elle visait. Il fallait que je trouve un plan.

– On va disparaître, j'ai dit après avoir réfléchi. On prend la voiture pendant qu'ils sont à l'intérieur, on s'éloigne un petit peu et on revient cette nuit pour récupérer la photo.

– Si tu veux.

Elle n'était pas très enthousiaste. J'étais pourtant content de ce que j'avais imaginé. Ça collait bien.

– Ça ne te plaît pas ?

– Il y a juste un petit problème, a dit Noëlle.

– Lequel ? Tu as peur de monter dans la voiture ? Elle n'est pas piégée.

Du moins, je ne croyais pas qu'ils aient pu faire ça aussi vite.

– Je sais bien, a dit Noëlle. L'ennui c'est que faire démarrer la voiture sans clé, c'est impossible. Et les clés, je les ai laissées dans la chambre, à l'hôtel.

14

Grimper aux échelles de corde, ça me fait un peu peur, je dois bien l'avouer. Ils appellent ça des échelles de corde, dans les écoles, mais en réalité, c'est simplement deux longs bouts de ficelle tordus, avec des morceaux de bois accrochés tous les quinze centimètres. Jamais personne n'aurait l'idée de grimper quelque part en se servant de ce système idiot. C'est réservé aux cours de gymnastique, et si vous n'avez jamais subi de leçon de ce genre-là, je comprends que vous ne voyiez pas très bien de quoi je parle. Normalement donc, ça ne devrait servir à rien, ces échelles, mais là on est forcés d'y grimper, forcés par le prof qui se contente de rester en bas, assis sur le bord du trampoline la plupart du temps, pour bien montrer que c'est lui qui commande. C'est une espèce de plaisir, j'en suis sûr, il doit se souvenir de l'époque où c'était lui qui était obligé d'y grimper, le long de ces ficelles infectes. Ça gratte la peau des mains dès qu'on s'y accroche. Et là, je ne vous parle que du tout début.

Enfin, tout ça pour dire que grimper le long de la façade de l'hôtel, ça ne me disait rien. Surtout que la seule chose à laquelle on pouvait s'accrocher, ce n'était même pas une de ces échelles bidon, mais seulement la plante verte qui montait jusqu'à notre balcon.

Je me suis creusé la tête pour trouver une autre solution, mais il fallait faire tellement vite que je ne suis arrivé à rien. L'inspecteur pouvait ressortir d'une seconde à l'autre, ou bien madame Kalisky. Je regardais la plante et je me suis mis à penser à un conte de fées, mais ça n'a rien donné, en tant que solution sans risque. Il allait falloir que je grimpe jusqu'au balcon de la chambre 12, sans ça on ne récupérerait jamais les clés de la voiture.

Noëlle m'a aidé, si on peut dire, en me soulevant à un mètre du sol. C'était déjà ça de pris. Il en restait trois au-dessus de moi. Je me suis aperçu que le tronc de la plante, qui sortait très épais du trottoir, devenait de plus en plus mince au fur et à mesure. Je ne suis pas gros, mais quand même, il y a des limites à la résistance des plantes. Noëlle a recommencé à me pousser, et a dit :

– Prends aussi ma valise. Tu fourres tous mes vêtements dedans et tu me la lances, d'accord ?

Elle ne voulait pas que je lui balance un seau d'eau, tant qu'on y était ? Comme ça, elle l'aurait sa douche. D'un autre côté, je me suis dit que puisque je devais entrer dans la chambre, autant y prendre tout ce qui nous appartenait, vu qu'on n'y remettrait apparemment plus les pieds.

J'ai tendu la main, et j'ai serré le tronc au-dessus de moi. J'ai entendu Noëlle qui murmurait plus bas :

– Frank ? Ça va ?

Si ça n'allait pas, elle me verrait bien m'écraser sur le trottoir, non ? Je tournoierais comme une feuille et j'atterrirais sur la pierre, à ses pieds, elle pousserait un petit cri et s'essuierait parce que mon sang aurait giclé sur ses jambes. Je devenais déjà complètement cintré, alors que je commençais seulement à monter. C'est toujours comme ça, je m'énerve, et après ça devient terrible.

J'avais l'impression d'escalader ce machin depuis des heures. C'était une distorsion, il faut croire, comme si la plante s'allongeait à n'en plus finir, et qu'en continuant de cette façon, j'allais arriver jusqu'au ciel. J'étais salement contaminé par ma culture de la télé. Je n'osais même pas me pencher pour évaluer le terrain franchi.

J'ai tendu la main, c'était la millième fois que je répétais cette manœuvre, en me tenant serré fermement de l'autre, et j'ai agrippé le tronc de la plante. Jusque-là, c'est ce que j'avais fait. J'allongeais le bras le plus haut possible, jusqu'à dix centimètres parfois, je serrais les doigts sur le tronc, en m'assurant qu'il tenait au mur. Mais là, non. C'était arrivé. Le tronc était devenu une tige, toute molle, toute mince et toute verte. Les petites racines se sont détachées du mur, ma main est revenue vers moi, bêtement, et le reste de mon corps a suivi dans le même mouvement. Vu d'en bas, ça devait être plutôt réussi, comme geste. Dans une seconde j'y serais d'ailleurs, puisque plus rien ne me retenait aussi haut. J'allais crier, je ne savais pas encore quoi au juste, et c'est alors que mon bras a cogné contre la pierre, bien qu'il ne devait y avoir là que du vide, de l'air, du rien.

Et c'est comme une bête, par instinct, que ma main a agrippé le rebord du balcon de notre chambre. Ça faisait au moins cinq minutes que j'y étais. Encore un peu, et je le dépassais sans même le voir.

15

Mes deux pieds se sont enfin posés sur le balcon, bien solide et tout. Je commençais à comprendre ce qui passe dans la tête d'un alpiniste qui arrive au-dessus de l'Himalaya. C'est complètement soufflant, en tant que victoire sur soi-même, ce qui est quand même la seule victoire qui importe, tout compte fait.

Je me suis donc retrouvé sur le balcon, mais je n'étais pas encore dans la chambre. La porte-fenêtre était entrouverte, j'ai voulu la tirer, elle était bloquée et ne s'ouvrait que de deux ou trois centimètres. J'ai passé la main dans cet espace et j'ai découvert ce qui coinçait. Quelqu'un avait installé un mécanisme dans le genre bout de fer tordu, qui devait être une aiguille à tricoter trafiquée.

Je m'en suis débarrassé en cinq secondes, et je suis entré dans la chambre en écartant les deux parties de la fenêtre. Un moment, je me suis demandé si je ne m'étais pas trompé, dans ma précipitation à grimper jusqu'au balcon. Peut-être que j'étais de nouveau dans la 13, la chambre du crime, où je revenais tout le temps. Il devait y avoir une malédiction qui m'obligeait à repasser sans arrêt par cette chambre. Je ne pourrais plus jamais mener une vie normale.

Mais non. Je m'emballais comme un coyote. J'étais bien dans la 12, puisque la valise de ma tante était posée contre le mur à côté de la porte. Quelqu'un était venu ranger, refaire les lits alors qu'on n'avait même pas dormi dedans. C'était un gaspillage plutôt sinistre. On ne voyait même pas les traces des sauts que j'avais exécutés tout à l'heure. J'ai pensé à en refaire quelques-uns, comme signature. Ça tuerait à coup sûr le type de l'hôtel, quand il verrait ça. C'est à ce moment-là que je me suis rendu compte que Noëlle ne m'avait pas précisé l'endroit où elle avait rangé les clés.

Elles auraient dû se trouver sur la table à gauche, ou même sur la petite entre les deux lits. Elles n'y étaient pas. Et impossible de me mettre à la place de Noëlle pour deviner où elle avait pu les fourrer, nous n'avions pas le même genre d'esprit à ce niveau-là. Il ne me restait que la solution de fouiller partout.

J'ai regardé dans sa valise, puis dans l'armoire, et sous les lits. Les clés n'étaient nulle part. Ça devenait inquiétant, cette disparition. J'allais retourner sur le balcon pour demander à ma tante où elle avait bien pu les mettre, j'arriverais peut-être à attirer son attention sans ameuter tout le quartier. Des voix se sont alors fait entendre dans le couloir, tout près. Une de ces voix, je l'ai reconnue immédiatement, ce qui était plutôt facile, vu la déformation. Ffff. C'était madame Kalisky.

Ils se sont rapprochés à une vitesse terrible. Je me suis retourné, j'avais le balcon à un mètre, mais sans les clés, inutile de redescendre. D'un autre côté, la salle de bains se trouvait là, à ma droite. Il fallait se décider. Je m'y suis précipité, en refermant la porte derrière moi, à double tour. J'avais à peine fini cette manœuvre que les autres sont entrés dans la chambre.

J'étais dans le noir le plus complet, vu que la salle de bains n'avait pas de fenêtre et que je n'osais pas allumer de peur d'attirer l'attention.

J'ai respiré le plus doucement possible, mais j'avais l'impression d'avoir une saleté de micro dans la gorge. De l'autre côté, ils continuaient à parler.

– Bon, bon, ne nous énervons pas, a dit une voix.

J'ai reconnu la voix de l'inspecteur.

– Fafile à dire, a répondu madame Kalisky. Fe n'est pas chez fous qu'ils font fenus chaparder.

– Vous voyez bien qu'il n'y a personne dans cette pièce, a repris le flic. D'ailleurs, légalement, je n'ai pas le droit de pénétrer dans cette chambre et vous encore moins.

– Nous afons déjà réglé fe problème. Ne refenons pas là-deffus.

– Non, non.

– F'est eux les foyoux, pas moi.

Je ne me souvenais plus d'avoir eu envie à ce point-là d'étrangler quelqu'un. D'habitude, je suis le type plutôt calme et tout qui peut se dominer, alors que là j'avais de terribles difficultés à me contrôler. Mais dans le noir où j'étais, je ne pouvais rien tenter. Au moindre geste, j'allais accrocher un truc, et me faire repérer.

– Mais arrêtez de fouiller dans ces bagages, a dit l'inspecteur. Vous commencez à outrepasser…

– Taisez-vous. Je sais fe que je fais. Je fuis fûre que je fais retroufer des objets qu'ils ont folés chez moi.

– Chez vous ? a fait la voix de l'inspecteur. Mais tout a brûlé la semaine passée.

– Chez Robert, a repris madame Kalisky. F'est la même chose. Nous fommes fianfés, non ?

Le type Lombard et l'espionne aux dents de lapin étaient fiancés ! J'avais toujours cru qu'il y avait une limite d'âge.

– Bon, vous voyez bien que vous n'arrivez à rien, a dit le policier. Je ne peux pas vous laisser fouiller plus longtemps.

– Ffff, a dit madame Kalisky, de façon plutôt énigmatique.

– Il faudra qu'ils reviennent à un moment ou à un autre, dans cet hôtel. Ce que je vais faire, c'est lancer un avis de recherche, voilà.

– Fff.

Peut-être qu'elle s'était mise à fumer la pipe, elle aussi. L'inspecteur continuait sur sa lancée.

– Ils seront convoqués au commissariat et je les interrogerai personnellement, vous pouvez me croire. Toute cette histoire me paraît louche, et eux aussi me paraissent louches, surtout le petit.

Il se vengeait de façon infecte, ce type-là.

– Un afis de recherche ? Fa ne sert à rien.

– N'exagérez pas.

Ils s'énervaient. J'allais peut-être pouvoir en profiter.

– Cette fois, c'est terminé, a encore dit l'inspecteur. Allons-nous-en. Vous avez fouillé cette chambre de fond en comble. Mes hommes n'auraient pas fait mieux.

– J'en fuis fûre, a dit la femme.

Elle s'est interrompue, puis elle a lâché :

– Reste la falle de bains.

Je me suis recroquevillé sur moi-même. J'ai fait un pas en arrière, j'ai senti le rideau de douche qui me chatouillait le visage. La poignée de la porte a cliqueté.

– F'est fermé.

Elle paraissait étonnée. J'ai avancé la main dans le noir, très doucement. C'était plus que jamais le moment de se faire silencieux, plus silencieux qu'un vieux chacal. J'ai repéré l'évier, presque glacé, puis un robinet. Ça ne servait à rien. Il n'y avait rien là, pas la plus petite arme pour me défendre, pas de rasoir, pas de scie électrique par exemple.

– Fe n'est pas normal, a dit madame Kalisky de l'autre côté. Fette porte defrait être ouferte.

– Bon, c'est peut-être l'employée de l'hôtel qui l'a fermée sans s'en rendre compte.

– F'est impoffible. Elle n'aurait pas emporté la clé en pluf.

Elle a de nouveau essayé de faire tourner la poignée.

– Mais aidez-moi.

– Et si c'était une pièce condamnée ?

– Ne dites pas de bêtifes.

Je continuais à tâter, dans le noir complètement absolu. Mes doigts devaient deviner tout seuls ce qu'ils trouvaient. Ils sont remontés le long d'une paroi lisse et froide, ce qui devait être le miroir au-dessus du lavabo, puis ils ont trouvé la tablette, comme il y en a toujours à cet endroit-là. Dessus, une brosse. Trois petits pots. Si je lançais la brosse à la tête de madame Kalisky, en projetant le contenu des pots au visage de l'inspecteur ?

Aucune chance. Mes doigts ont avancé. Un tube de dentifrice tout mou. Une brosse à dents. Encore moins utile que le reste.

– Il ne fous refte qu'à l'enfonfer, a déclaré madame Kalisky.

– L'enfoncer ? Comme vous y allez, a dit l'inspecteur.

Ma main arrivait au bout de la tablette, et je n'avais rien trouvé de mortel. Encore un flacon de parfum. Et tout au bout, trois petits morceaux de métal. C'était les clés de la voiture.

16

J'ai empoché le trousseau, c'était déjà ça de pris. Et j'ai senti quelque chose de dur au fond de ma poche. J'ai compris que c'était le morceau d'aiguille à tricoter qui servait à bloquer la fenêtre. Je l'avais emporté sans m'en rendre compte. Il m'arrive de faire des trucs comme ça et de ne pas m'en souvenir. C'est raide comme sensation, mais heureusement ça passe.

J'ai sorti l'aiguille de ma poche et au même moment, c'était réglé de façon parfaite, la porte de la salle de bains s'est ouverte, enfoncée avec un bruit de bois qui se casse. De la lumière est venue éclairer le sol devant moi, et l'inspecteur s'est étalé de tout son long dans cette clarté-là. Il n'avait pas bien calculé son effort, c'était évident. Il s'en était rendu compte lui aussi, parce qu'il a crié une injure tout à fait sinistre.

C'était assez bizarre, cette manière qu'ils avaient d'ouvrir les portes, dans le coin. Ils ne pouvaient pas y arriver sans s'étaler, ou bien sans faire tomber quelqu'un derrière. Tout à l'heure, c'était le type Lombard, et maintenant l'inspecteur. J'en ai profité pour courir vers la sortie, en marchant un tout petit peu sur son bras, mais c'est parce que je ne pouvais pas faire autrement. Ça n'a pas eu l'air de le déranger, il était occupé à se masser le crâne.

Madame Kalisky a surgi devant moi, une grosse masse toute noire comme un fantôme en négatif. Je n'ai pas hésité, parce qu'hésiter c'est paniquer. Je lui ai piqué l'aiguille à tricoter dans les côtes avant qu'elle comprenne ce que c'était vraiment. Elle a poussé un cri de lionne blessée. Alors je me suis rapproché en disant :

– Faites gaffe, c'est un couteau.

Elle m'a cru. Je l'ai bien senti à son corps qui se ratatinait. Je l'ai repoussée pour dégager la sortie de la salle de bains.

– Si vous faites un geste, c'est la mort assurée.

J'aurais pu trouver une formule plus courte,

mais c'est tout ce qui m'était venu sur le moment. Plus possible de recommencer, il fallait faire avec les défauts et les ratés. Mais finalement, ce n'était pas aussi raté que ça, parce que la dame Kalisky n'a plus osé bouger d'un millimètre. Le danger maintenant, c'était plutôt l'inspecteur derrière nous, qui se relevait en gémissant. J'ai repiqué le ventre de la dame. L'aiguille s'est tordue, la peau de la dame était sans doute plus dure à cet endroit-là. J'espérais qu'il lui en reste des plus mous, même à son âge.

Elle a pourtant senti la piqûre. Elle a de nouveau poussé un cri.

– Non ! Non !

Et en même temps, elle a bondi vers l'arrière, pour échapper à mes assauts mortels.

J'ai lancé une dernière attaque, dans le vide cette fois, avec le bout de l'aiguille, un geste qui aurait pu la transpercer sans problème si j'avais eu une épée en main. Et je n'ai pas pu m'empêcher de pousser moi aussi un cri, c'était l'excitation la plus complète, je ne sais d'ailleurs pas très bien ce qui m'a pris, mais j'ai fait :

– Yaaahh !

Ça a remué madame Kalisky. Elle a bondi sur place, terrifiée par mon allure de sauvage. Puis elle s'est reculée dans la salle de bains.

Je n'ai pas attendu d'arrêter de trembler, j'ai traversé la chambre en courant, puis le couloir jusqu'aux escaliers, que j'ai dévalés à une vitesse dingue. En bas, j'ai dépassé le comptoir de la réception. Tout de suite, le gros type m'a repéré.

– Hé ! Toi ! Attends une seconde.

J'étais déjà dehors. Je me suis précipité vers la voiture. Ma tante est apparue, elle avait compris au quart de tour, j'ai sauté à l'intérieur sans même ouvrir la portière et j'ai roulé sur le siège arrière. Noëlle m'avait pris les clés, elle a fait démarrer la voiture, et hop, une seconde plus tard, on filait comme des gazelles.

Je me suis redressé. Derrière, ils n'avaient pas encore réagi. Notre voiture s'est engagée sur une route un peu plus large que les autres.

– Super ! a dit Noëlle.

Plus personne n'employait ce mot-là depuis des siècles, mais je n'ai pas fait de remarque. J'ai compris que ce n'était pas le moment.

J'ai juste agité la tête.

Ma tante a encore attendu une minute ou deux, en conduisant très vite, puis elle a demandé d'une voix un peu inquiète, en se tournant vers moi :

– Et mes vêtements ? Ma valise et mes vêtements, tu les as ?

Eh bien non, ça, je n'y avais pas pensé.

17

Du coup, elle s'est mise à tirer la tête. Elle a serré les lèvres et n'a plus dit un mot. Ça m'a tué, cette attitude complètement injuste. Je venais d'échapper à deux tueurs, dangereux et tout, je venais d'agresser sauvagement un policier et une dame enragée, et voilà qu'elle tirait la tête parce qu'elle n'avait pas sa valise. Je m'étais attendu à un autre accueil de sa part, surtout de sa part à elle. Mais je sais bien qu'il ne faut jamais se faire d'illusions sur les gens. Elle aurait quand même pu me féliciter, me serrer la main, je ne sais pas moi, me faire la bise, ça m'aurait suffi, je ne demande pas à être accueilli comme une saleté de héros de bande dessinée. Mais là, rien. Je n'avais même pas droit à de la reconnaissance. C'était la mort, je vous jure.

J'ai pensé à ouvrir la portière de la bagnole et à me jeter sur la chaussée et qu'on n'en parle plus.

J'ai souvent des pensées morbides comme ça. De toute façon, je vais mourir jeune, ça ne me dit rien de vieillir. Pour faire quoi ? J'ai déjà appris tout ce qu'il faut savoir. Certains jours, j'ai le sentiment de tourner en rond, que l'avenir n'a jamais existé et surtout pas pour moi. Il arrive que je me sente moche, mais jamais à ce point-là. C'était le désespoir caractérisé. La raison, c'est que je pense trop.

Je connais des types qui y arrivent sans effort, à ne pas penser. Mais comment voulez-vous en sortir si vous commencez à penser qu'il faut penser moins ? Et j'ai beau observer les autres, ces types qui ne pensent pas, justement, ça ne sert à rien, je n'arrive pas à comprendre comment ils font. Ça doit être une question d'éducation. Peut-être qu'ils ne pensent pas de père en fils, dans ces familles-là. Parce que chez moi, autant vous dire que ma mère, elle, elle pense. C'est elle qui a dû me transmettre ça. D'un certain côté, ça vaut sans doute mieux. Parce qu'il ne faut pas croire que le fait de penser me torture sans arrêt. Bien sûr que non. Je suis très fier, des fois, de comprendre des trucs que les autres n'imaginent même pas. Mais ce que je voudrais, c'est parvenir à me débrancher, comme un moulin à café. On ne lui demande pas de moudre sa saleté de café toute la journée, non ? Alors pourquoi moi je devrais penser non-stop ?

Mais quand on commence à se poser des questions pareilles, on n'en sort plus. Parce que, vu de ce point de vue là, les autres, tous, pourquoi ils continuent à faire ce qu'ils ont l'habitude de faire ? Pourquoi est-ce qu'ils n'arrêtent pas de frimer et de se faire passer pour ce qu'ils ne sont pas ?

Et personne ne s'interroge, on dirait. Je suis le seul. À qui vous voulez que je parle de ça ? Les types à l'école se paieraient ma tête, je les entends d'ici.

– Mais tu pleures ? a dit Noëlle tout à coup.

J'avais déjà remarqué cette manie qu'elle avait de toujours exagérer. Je ne pleurais pas, j'avais les yeux un peu humides, c'est tout. C'est bon pour les muqueuses. Le tout est de savoir si les yeux sont vraiment des muqueuses.

Noëlle s'est garée le long d'une route déserte. On avait quitté la ville sans que je m'en rende compte. Il y avait des arbres le long du chemin, c'était courant, mais ce qu'il y avait d'infect, c'est qu'ils étaient tous tordus dans le même sens. Ils étaient tous penchés du même côté, pas un seul ne se tordait dans le sens contraire. Je ne sais pas pourquoi, ça m'a foutu le cafard, comme dit ma petite sœur Alison. Elle essaie de dire cafard, mais elle prononce plutôt canard, enfin un truc comme ça. Elle me fait rire, des fois.

Noëlle a arrêté le moteur de la voiture. Il y a eu un silence terrible tout autour. Elle s'est penchée vers moi.

– Excuse-moi, Frank. Ce n'est rien, je t'assure, c'est moi qui suis bête. Ça n'a aucune importance, cette valise, je pourrai m'en payer d'autres. Faut pas être triste, c'est de ma faute. Parfois, je dis des choses que je ne pense pas. Tu me crois ?

Elle essayait de me faire parler. J'ai dit oui en agitant la tête. Elle a souri, un sourire bizarre qu'elle n'avait pas encore employé. C'était un cas d'urgence.

– Je te jure que cette valise n'a vraiment aucune importance. Ce qui compte c'est que tu sois là. Tu vas me raconter ce qui s'est passé, tu veux bien ?

Elle s'est penchée un peu plus, en se tournant vers l'arrière, et elle m'a embrassé. Comme ça, d'un geste rapide, sans réfléchir. Ça m'a soufflé. Heureusement qu'elle n'a pas fait durer ça trop longtemps. Je ne sais pas comment j'aurais réagi.

Elle s'est écartée en reprenant son sourire. Je l'ai regardée cinq secondes sérieusement, et puis j'ai dit :

– Tu devrais mettre du rouge à lèvres. Je préfère embrasser les filles qui ont du rouge à lèvres.

Ça l'a tuée. Je peux être un vrai salaud, quand je m'y mets.

18

Un peu plus loin, sur la même route, on a trouvé un café, avec une terrasse et des parasols bleus.

On s'y est installés, pour faire le point. Les chaises étaient vraiment confortables, ça n'arrive pas souvent. Je buvais une menthe avec un chalumeau, en soufflant pour faire des bulles. J'ai jamais pu me retenir de faire ça. Noëlle me posait des tas de questions, comment j'avais réussi à m'enfuir et qu'est-ce que l'inspecteur avait dit, et puis soudain plus rien. J'ai cru que je fermais les yeux une seconde. Quand je les ai ouverts, tout paraissait pareil, excepté que deux heures venaient de passer. Noëlle souriait, je ne voulais pas la croire. Elle prétendait que je m'étais endormi là, dans l'ombre du parasol, sur cette terrasse. C'est quelque chose qui ne m'était jamais arrivé. Mais dans mon verre, la menthe était tiède, c'était devenu imbuvable. Et les ombres avaient changé, elles aussi. Le soleil commençait à se cacher. Je me suis souvenu de la lumière ce matin sur l'autoroute. Normalement, je ne supporte pas ce genre de poésie infernale, mais là ça m'a remué un petit peu.

– Tu veux qu'on rentre ? a demandé Noëlle à voix basse, comme si j'avais une saleté de maladie et que je ne supportais plus le bruit, même venant d'elle.

– Rentrer ! Où ça ?

– Chez nous. Chez toi. De toute façon, on n'en sortira pas, ça devient dangereux. On retourne et on oublie ce qui s'est passé.

– T'es folle !

Ça m'avait échappé. J'étais parfaitement réveillé, du coup.

– Et Charles ! Tu l'oublies aussi ?

Elle a baissé les yeux.

– Non, bien sûr que non, je ne l'oublie pas. Mais qu'est-ce que tu veux qu'on fasse ? C'est pas ça qui va le faire revenir.

J'ai haussé les épaules.

– Il faut le venger, voilà ce qu'il faut faire.

– Oui ?

– Évidemment.

– Le venger ? Mais on ne sait même pas ce qu'ils ont à voir là-dedans, le photographe et la femme.

– Moi, je n'ai pas envie d'abandonner comme ça. Même si c'est dangereux et tout.

– Tu as peut-être raison, a dit Noëlle après un silence. N'empêche que je me demande ce qu'on peut faire, voilà.

– La première chose, c'est de récupérer la photo. Après on verra bien.

– Oui… La photo… Mais ce n'est pas aussi simple que ça. Tu as bien vu comme elle était enragée, la femme. Et puis, je n'ai pas l'habitude de faire des choses pareilles, moi. Courir, sauter au-dessus des murs, s'enfuir pour ne pas se faire prendre par la police et je ne sais quoi encore… Cette madame Kalisky, elle me fait peur, si tu veux savoir.

Je n'ai rien dit. J'en avais assez de parler. Je me demandais si elle avait vraiment envie de le revoir, son type Charles, même en tant que cadavre inutilisable. Si j'avais été à sa place, j'aurais démoli trois magasins comme celui du photographe, et quinze madame Kalisky par la même occasion, avec les dents de lapin et tout.

J'aurais marché sur les pieds du gros type de l'hôtel, pour écraser ses orteils. Je voyais le carnage, mais ça n'aurait jamais lieu, en fait. C'est toute la différence entre imaginer un truc et le faire vraiment. Ce que tout le monde essaye de faire, c'est de s'en sortir sans trop de mal, et moi comme les autres. De ce point de vue, je ne suis pas très différent de la masse. C'est des choses à savoir, si on veut se connaître.

Avec Noëlle, on a décidé d'aller jeter un coup d'œil au magasin de Robert Lombard. Mais pour ça, il fallait qu'il fasse plus noir encore. On s'est installés dans la voiture et on a attendu que la nuit arrive. Noëlle parlait de temps en temps, elle me racontait des histoires de son passé, qu'elle avait vécues et tout. Pendant ce temps-là, je faisais l'inventaire de mes poches. C'était nécessaire parce que ça finissait par s'entasser et se mélanger. J'ai retrouvé les jumelles de théâtre, la dizaine de paquets de sucre en poudre, l'aiguille à tricoter tordue. Et aussi un ticket de métro jamais passé dans la machine, mais que je gardais par attitude sentimentale. Une fille avait écrit quelque chose sur ce ticket, à mon intention. Sans blague, c'est une fille qui habite en face de chez moi, plus jeune que moi mais drôlement dégourdie pour son âge. C'est pas que je sois amoureux ni rien, faut pas croire, mais ça me fait plaisir quand cette fille-là remarque que j'existe, tout simplement. Une fois, on était sortis au même moment de chez nous, elle et moi, et on avait fait tout le chemin jusqu'à la station au même rythme. Depuis, j'essayais toujours de remettre ça. C'est elle, donc, qui m'avait passé ce ticket de métro que je gardais. Mais il ne faut pas vous imaginer qu'elle s'était compromise ni rien. Elle est trop maligne pour ça. Non, elle avait juste écrit deux mots sur le ticket. Et encore, les deux mots en question, ils se résumaient à peu de chose. Elle avait simplement marqué « Salut Salut ». C'était sympathique, d'une certaine façon, elle voulait me dire bonjour à sa manière un peu spirituelle. Ce qui me rendait cintré, c'est qu'elle avait écrit deux fois ce mot-là. Comme si elle n'avait pas pu en dénicher un autre. Tout un temps, je m'étais dit que ça devait avoir une signification cachée, et que c'est moi qui étais débile de ne pas comprendre. Je l'avais relu, ce message, je l'avais tourné dans tous les sens. Le deuxième « Salut » pouvait peut-être passer pour un « Salot », écrit un peu vite, à cause des chocs dans le métro, elle pouvait avoir des excuses. Mais « Salot », avec un « o » et un « t », me démolissait encore plus que Salut Salut. J'avais gardé le ticket pour lui demander des explications, et puis j'avais compris que c'était idiot. Salut Salut.

Noëlle a décidé d'aller voir la mer, puisqu'on était dans le coin et qu'on avait un peu de temps devant nous. On a choisi une autre ville, dans les environs, pour ne pas se faire repérer. Elle a rangé sa voiture près du bord de mer, parmi une centaine d'autres.

La couleur du ciel était devenue bleu foncé, surtout au-dessus des maisons derrière nous. La mer, elle, était déjà presque noire. Je suis sorti de la voiture, j'ai refermé la portière sans casser le silence, et je me suis avancé jusqu'à la barrière blanche qui séparait la plage de la route.

– À quoi tu penses ? a demandé Noëlle en venant me rejoindre.

J'ai fait un geste avec le bras.

– On dirait de l'encre, tu ne trouves pas ?

– De l’encre ? Tu as de ces idées.

– Un milliard de millions de litres d’encre qui se balancent en faisant des vagues.

– Il y en a encore qui se baignent, a dit Noëlle. Là-bas, tu les vois ?

Ils étaient deux. Ils se précipitaient en se tenant par la main et ils plongeaient en riant comme des fous. On entendait leurs cris.

– Imagine qu’il y ait un géant, ai-je dit. Il débarquerait ici, il les prend par les pieds, ces deux-là, il trempe leurs cheveux dans l’encre et il se met à tracer des signes complètement cabalistiques sur le sable. Des grands signes que personne ne peut lire. Et pendant ce temps-là, les deux, ils crient qu’ils ne sont pas des pinceaux. Ce serait soufflant.

J’ai attendu longtemps. Une minute. Noëlle se taisait. Rien ne bougeait dans le ciel. Tout était encore plus silencieux.

Je me suis secoué.

– Partons. Le géant ne viendra pas ce soir, à ce qu’on dirait.

19

La boutique artistique de Robert Lombard était fermée. En tout cas, on n'apercevait pas de lumière de l'endroit où on se trouvait. Quant à l'odeur, elle n'avait pas changé.

– Tu te souviens où tu as mis cette photo ? a dit Noëlle un peu inquiète. Tu es sûr ?

Je l'ai regardée sans répondre.

La photo, je l'aurais dénichée les yeux fermés et les mains dans le dos. Elle était là, derrière un cadre, avec la mer et les baigneurs. C'était la seule du genre, il n'y avait que des portraits tout autour, pas moyen de se tromper.

– Avec un peu de chance, il n'y aura personne, a dit Noëlle.

– J'espère bien.

– De toute façon, on n'a pas le choix. Allons-y.

C'est exactement ce que j'allais dire. On était faits pour s'entendre, elle et moi.

Devant la porte du magasin, elle s'est tournée vers moi.

– On enfonce la porte, tu te précipites, tu prends la photo et on file, d'accord ?

J'ai fait oui de la tête, je me suis reculé d'un pas. Noëlle a fait la même chose, et on a foncé ensemble.

La porte devait être en papier mâché. Peut-être que c'était la vieille qui avait mâché tout ce papier pour en faire une porte. Parce qu'elle s'est enfoncée devant nous sans résister, alors qu'on n'avait même pas poussé très fort ni rien. Il y a juste les jointures qui ont craqué. Ça devait être à cause de l'air du quartier. Cette odeur de poisson, à force, ça doit ronger les jointures.

On s'est retrouvés sans problème à l'intérieur du magasin. J'ai repris mon équilibre et j'ai aussitôt regardé dans la direction du cadre. L'endroit était vide. Le cadre avait disparu.

Puis je me suis rendu compte que ce n'était pas le seul à avoir disparu. Tous les autres aussi. La boutique était vide. Le désert total. Plus un seul cadre, plus une photographie, plus un sourire, rien, ils avaient tous disparu.

– Mais qu'est-ce que c'est encore ? a fait une voix venant de l'autre pièce.

La vieille dame est apparue, la mère du type Lombard. Elle a sursauté en nous reconnaissant. Elle avait la mémoire en bon état, apparemment.

– Encore vous ?

Elle criait, en mâchonnant. Elle devait déjà mâchonner une nouvelle porte, sans perdre une seconde. C'est à ce moment-là qu'elle a aperçu la précédente, de porte, écrabouillée en morceaux sur le sol.

– Mais qu'est-ce que c'est que ça ? Mais elle est complètement démolie, ma porte.

– Elle valait rien, ai-je dit. N'importe qui pouvait l'envoyer en l'air.

– Alors, m'a demandé Noëlle. Où il est, ce cadre ?

– J'en sais rien.

La vieille dame examinait les dégâts en marmonnant. J'ai essayé d'attirer son attention.

– Qu'est-ce qui s'est passé ? Vous avez vendu tout votre stock d'un coup ?

– Comment ?

Elle s'est redressée, je lui ai montré les murs tout nus.

– Les cadres ? Les photos ? Où ils sont passés ?

– Les cadres ?

J'ai attendu. Ça ne servait à rien de s'énerver, il fallait la laisser mâchonner et réfléchir.

– Ah, ça, a-t-elle enfin déclaré. Pourquoi ?

– On voudrait en acheter un, a répondu Noëlle. N'est-ce pas, Frank ?

– Bien sûr ! Ils nous plaisent, il n'y a pas de doute.

La vieille dame a souri.

– C'est vrai ?

Elle était touchée. Elle nous a indiqué l'arrière-boutique.

– Ils sont là, si vous voulez les voir. Je suis en train de les nettoyer. Il faut bien les essuyer de temps en temps sinon ça devient tout gris, et ce n'est pas Robert qui va s'en occuper, si vous voulez mon avis. Passez derrière, ils sont là, faites votre choix. Mais attention de ne plus rien casser cette fois-ci…

Elle n'avait pas menti. Tous les cadres se trouvaient derrière, en deux piles monstrueuses. D'un côté les déjà propres, de l'autre les pas encore.

– Ne les mélangez pas, sinon je dois tout recommencer.

J'ai dit à Noëlle de chercher une scène avec la mer.

– Et élimine tous les portraits.

– C'est déjà ça.

Elle a commencé à fouiller dans la pile des propres, pendant que j'examinais l'autre. La vieille restait à côté, pour surveiller. On a fait très vite. En deux trois minutes, je suis arrivé au bout de ma pile, et Noëlle aussi. On n'avait pas trouvé le bon cadre. Des portraits, rien que des portraits. Des bébés, des communions, des mariages, des vieux. Toute la ville s'était fait photographier par le type Lombard. J'ai même reconnu le patron du restaurant, il portait son tablier blanc, et une grande toque sur la tête comme dans les films de cuisinier.

Au bout de cinq minutes, on avait vérifié une deuxième fois, il a bien fallu l'admettre : le cadre qu'on cherchait ne se trouvait pas dans les piles.

– Vous avez choisi ? a demandé la vieille dame.

Elle s'inquiétait pour sa vente.

– Non, j'ai dit. Ce qu'on veut, c'est une scène avec la mer, et des gens qui se baignent. C'est ça qui nous plairait. Vous voyez un peu ce que je veux dire ? Vous en aviez une tout à l'heure, accrochée.

– La mer, vous me dites ?

Elle a réfléchi.

– Avec du monde, sur la plage ?

On était pendus à ses lèvres. C'était pas beau à voir.

– Mais oui, je me souviens. Une scène maritime, très jolie. Vous avez raison. Je vois très bien de quoi vous voulez parler.

– Mais qu'est-ce qu'elle est devenue ? a demandé Noëlle. Vous l'avez rangée ailleurs ?

– Pas du tout, a dit la vieille dame en souriant. Je l'ai vendue, pas plus tard que cet après-midi, juste après votre passage d'ailleurs. Si vous m'aviez dit ça, je vous l'aurais gardée.

20

On a eu de la chance, pour une fois. Elle ne devait pas en vendre des masses, de ses cadres, madame Lombard. Elle se rappelait très bien l'acheteur de cet après-midi et tout ça, celui qui avait emporté la vue sur la mer, avec notre photo cachée derrière.

– C'est monsieur Jacques, a dit la vieille dame. Pas possible de se tromper, il mesure au moins deux mètres, il doit se pencher pour entrer ici.

Elle a eu un petit sourire. Ça la rendait toute joyeuse, les types de deux mètres.

– Jacques comment ? a demandé Noëlle.

– Jacques, c'est son nom. En ce qui concerne son prénom…

Elle a réfléchi.

– Et d'ailleurs, je ne suis même pas sûre de le connaître, son prénom. Il ne passe pas très souvent, à vrai dire, et encore, c'est juste bonjour et au revoir. C'est bien la première fois qu'il achète quelque chose chez nous.

Et pour la première fois qu'il achetait un de ces cadres tout à fait infects, c'était juste celui-là qu'il choisissait. Je commençais à me demander si ça ne cachait pas un autre truc. Peut-être que le type Jacques était mêlé à cette histoire. Personne n'aurait jamais eu l'idée d'acheter un cadre pareil pour son plaisir.

– Il habite en ville, ce monsieur ? a encore demandé Noëlle.

– Oh, pas très loin, a dit la vieille. Je ne pourrais pas vous dire au juste... En ville, oui. Mais si vous voulez mon avis, il n'acceptera jamais de vous revendre le cadre. Il avait l'air d'y tenir beaucoup. Vous auriez intérêt à en choisir un autre.

Elle s'est arrêtée net. On aurait dit qu'elle venait de se souvenir de nous, tout à coup, et de ce qui s'était passé. Elle nous a regardés en faisant une grimace.

– Et Robert ? Est-ce qu'il vous a trouvés ? Il vous cherchait, non ?

– Viens, a dit Noëlle en me prenant la main. On sait tout ce qu'on voulait savoir.

La vieille a insisté.

– Attendez une minute, Robert ne va pas tarder. Je suis sûre qu'il sera content de vous revoir, si vous voulez mon avis…

Même un chien aveugle ne s'y serait pas laissé prendre. On a repiétiné les morceaux de la porte, et sans doute que c'est ça que la vieille n'a pas supporté. Elle s'est mise à hurler.

– Mais vous n'allez pas partir comme ça !

Elle nous a suivis dans la rue.

– Vous venez démolir ma porte, vous me posez plein de questions indiscrètes, et vous n'achetez même pas une seule petite photographie ! Mais vous êtes de vrais voyous.

On s'est éloignés rapidement. Heureusement, il n'y avait pas trop de gens dans les environs, elle ne risquait pas de les attirer avec ses cris, sans quoi on était bons pour une nouvelle course poursuite.

On l'a encore entendue qui disait :

– Ah, Robert avait raison, il avait bien raison.

Puis elle a abandonné, et elle est rentrée dans son magasin. D'une certaine façon, je la comprenais. Peut-être qu'on aurait dû frapper moins fort.

Le ciel avait viré au noir, lui aussi, comme la mer. Une rangée de réverbères éclairaient la rue, en faisant des ronds où votre ombre s'allongeait puis redevenait toute petite, jusqu'au moment où elle disparaissait en dessous de vos pieds. Ce jeu-là, j'y avais joué jusqu'à me rendre malade, quand j'étais gosse. À cette époque, je croyais que ça faisait mal à mon ombre, quand je posais le pied dessus. Ça faisait rire ma mère, qui n'a pourtant jamais réussi à me prouver le contraire.

D'autres gens se promenaient. Ils n'étaient au courant de rien, au sujet de la photo, de la disparition de Charles en tant que cadavre, de cette enragée de madame Kalisky et de toute la pourriture. Ça m'a mis dans un sale état. Le coup du cadre, je n'arrivais pas à l'encaisser, il faut croire. On ne connaît pas toujours ses limites.

On a retrouvé la voiture, je me suis aussitôt calé sur mon siège. J'avais une boule dans la gorge, j'étais pas fait pour être aventurier. Noëlle a mis le moteur en marche. J'ai avalé et j'ai remonté mes chaussettes.

– Qu'est-ce qu'on fait maintenant ?

Si elle me répondait qu'elle n'en savait rien,

j'allais me mettre à pleurer, et après ça, pour me venger, j'irais peut-être me noyer dans la mer.

– On déniche l'adresse de monsieur Jacques dans l'annuaire, a dit Noëlle tranquillement. Ensuite on passe chez lui et on récupère notre photo.

Je me suis précipité sur elle et je l'ai embrassée sur la joue.

– Tu ne sais pas à côté de quelle catastrophe tu viens de passer, ai-je dit.

Elle s'est mise à rire. C'est ma tante. La sœur de ma mère. Elle a appuyé sur l'accélérateur pour faire du bruit, et les réverbères tout autour se sont mis à briller très fort.

Nous avons roulé un petit temps, avant de tomber sur une cabine téléphonique. L'annuaire était à moitié déchiré, les pages pendaient, des fous avaient écrit des épisodes entiers de leur vie intime au milieu des numéros. Rien que de voir ce bottin en charpie, ça a failli me faire rechuter. J'étais devenu fragile comme un vieux kleenex, j'allais me déchirer aux coutures.

Noëlle devait avoir une carapace plus épaisse, on n'aurait pas cru. Elle était petite et mince, mais elle s'est jetée sur le tas de papier sans hésiter. Elle a commencé à chercher l'adresse du type Jacques.

– C'est un miracle, a dit Noëlle. Tu te rends compte, il n'y a qu'un seul Jacques dans le coin.

Elle m'a regardé. J'ai essayé de sourire, ma mâchoire est restée collée à mon palais.

21

La maison du type Jacques, on l'a trouvée en traversant la ville. J'avais ouvert ma vitre et je respirais l'air nocturne pour me rafraîchir un peu. J'aurais donné n'importe quoi pour boire un coca, même tout vieux et sans bulle. La boule dans ma gorge avait disparu, mais je n'arrivais toujours pas à avaler. C'était pas l'émotion, c'était la soif.

Je penchais la tête au-dehors, tandis que Noëlle conduisait lentement. Je jetais un regard désabusé sur le monde, parce qu'il m'avait beaucoup déçu. Il faut lever les sourcils et prendre un air dégoûté, si vous voulez savoir. Je lisais aussi le nom des rues quand les plaques n'avaient pas disparu.

C'est comme ça que j'ai découvert la rue où le type Jacques habitait. Noëlle l'avait empruntée sans savoir. J'aurais dû crier de joie ou je ne sais quoi. Un type normal n'aurait pas pu se retenir. En ce qui me concerne, j'ai juste arrêté de prendre mon air désabusé, en remettant mes sourcils à leur place habituelle.

Noëlle a continué à avancer, jusqu'à ce qu'on arrive au bon numéro. Pour ça, on a presque été obligés de sortir de la ville, il n'y avait qu'une maison de temps en temps, avec du vide autour, occupé par des prairies aussi grandes qu'un terrain de football. Certaines maisons étaient même invisibles, mais je me doutais bien qu'elles devaient se cacher un peu plus loin, derrière les arbres qu'on avait plantés pour faire diversion. Ça se sentait que les gens qui habitaient là avaient peur de quelque chose. Même le numéro des maisons était devenu invisible.

On a encore roulé une minute, mais ça ne servait plus à grand-chose, on ne distinguait plus rien, alors on s'est rangés sur le côté droit. Noëlle a arrêté le moteur. Un silence sinistre nous est tombé sur la tête. On est restés sans bouger, sans même ouvrir la bouche, dans cette tonne de silence. Au bout d'une dizaine de secondes, il y a eu un grésillement. C'était seulement un insecte qui se grattait.

Sans doute que c'est le signal que tous les autres attendaient, le premier devait être une espèce de chef d'orchestre ou quoi. L'équipe s'était apparemment réparti le terrain disponible, ça venait de partout, de plus en plus loin. Un moment, j'ai même cru que j'en avais un posé sur mon épaule tellement ça chahutait. Je me suis secoué avant que mes nerfs me lâchent. Les insectes ont ricané, à ce qu'il m'a semblé. Certains attendaient pour s'y mettre qu'il y ait un peu de calme, d'autres jouaient ensemble, mais pas la même musique.

– Ce sont des grillons, a dit Noëlle.

Je n'ai rien ajouté. Qu'est-ce qu'elle croyait ? Que j'imaginais que c'était un type qui grinçait des dents ? Des fois, je me demandais si elle ne me prenait pas pour un demeuré, elle aussi.

Je suis sorti de la voiture, en refermant la portière délicatement. Les grillons ne se sont pas occupés de moi et ont continué leur concert. Ils étaient partis pour la nuit, à ce rythme-là.

J'ai cherché la maison la plus proche. À première vue, elle devait se trouver au milieu d'un tas d'arbres gris noir et pointus comme des fusées. Une lumière bizarre leur faisait une ombre qui traçait des formes sur la rue. J'ai levé les yeux. La lumière bizarre, c'était la lune, ronde et de la grosseur d'un boulet de canon, avec des taches plus foncées.

Noëlle était descendue de la voiture à son tour. Je me suis tourné vers elle.

– On y va ?

Elle a pris ma main.

– Essayons celle-là d'abord.

Elle a indiqué la maison qu'on devinait au milieu des arbres. On a suivi ce qui ressemblait à une allée et on est tout de suite tombés sur une barrière. C'est de cette façon qu'on a su qu'on ne s'était pas trompés. Le nom du type Jacques était écrit sur une grosse boîte aux lettres accrochée à la barrière. Monsieur Jacques devait se faire livrer des lettres de mille pages, pour avoir installé une boîte si grande.

Noëlle a écarté un côté de la barrière, et c'est moi qui l'ai refermée, en effaçant nos traces de doigts. On s'est enfoncés au milieu des arbres, en suivant toujours l'allée qui continuait. Le bruit de nos pas qui faisaient crisser le gravier était le seul bruit à des kilomètres.

Je ne parle pas des grillons, ça c'était de la musique.

Les arbres devaient être des sapins, ils puaient la résine comme ceux que ma mère installe dans le salon à Noël. Ils perdent leurs aiguilles au bout de deux jours à cause de la chaleur, et on en retrouve partout, jusque dans les pots de confiture. Ma mère prétend que c'est inoffensif et même que ça leur donne un petit goût pas mauvais, aux confitures. Je lui ai déjà dit mille fois que ça n'intéresse personne, mais elle y tient vraiment. Ça lui paraîtrait sinistre, la maison sans sapin à cette époque-là. Même l'aspirateur branché à fond ne parvient pas à enlever les épines enfoncées dans le tapis du salon. C'est moi qui dois m'en charger, une à une.

Enfin, tout ça pour dire que les sapins, ça me connaît. Je parvenais à les repérer sans problème. Grâce à l'odeur. Parce qu'en fait, on ne voyait plus rien dès qu'on baissait un peu la tête, ce qu'on faisait la plupart du temps, de peur de mettre le pied dans une crevasse ou au beau milieu d'un piège avec des dents.

La lumière bizarre de la lune ne passait pas

au travers de toutes ces satanées épines. On avançait donc dans le noir le plus complètement obscur. Si le type Jacques avait eu dans l'idée de planter une forêt devant chez lui, on allait passer des heures dedans. Il était peut-être du genre à prendre une boussole quand il sortait.

Je réfléchissais à ça, pas trop pour ne pas occuper toutes les cellules de mon cerveau, quand on a fini par apercevoir la maison, grâce à une petite lampe qui éclairait la porte, on s'en est rendu compte en approchant. On a dépassé les derniers troncs.

La maison était là, toute basse, c'était spécial pour un type qui mesurait deux mètres, il avait dû l'acheter avant de grandir. J'ai aperçu un garage sur la gauche, avant un coin à l'envers. Un angle droit retourné, pour être correct. Dans cet angle-là se trouvait la porte d'entrée. Et sur l'autre côté, une grande fenêtre qui allait du sol jusqu'au toit, et qui devait donc s'ouvrir comme une porte.

On s'est approchés, jusqu'à se trouver sous la lampe qui nous avait guidés. Noëlle a lâché ma main qu'elle avait tenue jusque-là, pour appuyer sur la sonnette. Un carillon à deux notes a fait ding-dong. J'ai retenu mon souffle. Le type Jacques devait dormir, il n'y avait aucune lumière dans la maison, mais on n'apercevait peut-être pas toutes les fenêtres d'où on était.

Noëlle a sonné une deuxième fois, le carillon a remis ça lui aussi. Les insectes ont cru que c'était un signal et ont attaqué joyeusement un nouveau morceau. Le type Jacques devait chercher ses pantoufles en dessous de son lit.

Noëlle a sonné une troisième fois, et une quatrième dans la foulée. On n'entendait toujours rien dans la maison, à part le carillon qui devenait fou. Noëlle a dit : « Bon », m'a entraîné, et on s'est retrouvés devant la grande fenêtre.

L'intérieur était plus noir encore que le dehors. J'ai aperçu notre reflet dans les vitres. Je paraissais tout petit, mais Noëlle aussi. Ça devait être une illusion d'optique.

– Il y a quelqu'un ? a dit ma tante.

Si elle avait voulu crier, c'était raté. On aurait cru qu'elle me confiait un secret dans l'oreille. Si le propriétaire dormait, il ne risquait pas d'être réveillé par un cri pareil.

– La maison est vide, a-t-elle ensuite déclaré en faisant une grimace comique avec ses yeux tout ronds.

J'ai encore regardé notre reflet dans la vitre. Ça m'intriguait, cette déformation. C'est alors que j'ai découvert la fente sombre sur le côté droit. La grande porte-fenêtre était entrouverte.

22

Noëlle a glissé la main à l'intérieur, a trouvé la poignée, a fait coulisser la fenêtre. Vingt centimètres seulement, mais ça a suffi pour produire un grincement dingue.

– De toute façon, il n'y a personne, a dit Noëlle.

– Bien sûr.

Je me suis faufilé dans la pièce obscure. Il y avait une odeur étrange, un peu comme si on venait de faire cuire une paire de vieilles chaussettes.

J'ai risqué quelques pas vers l'intérieur, en essayant de ne pas me cogner contre un mur. On n'y voyait absolument rien. J'ai entendu la respiration de Noëlle derrière moi. Ma main a touché du bois à ma droite, c'était plat et lisse, une table apparemment, vu la position horizontale. Je me suis dirigé grâce à ça. C'est en avançant le long d'une table qu'on a le plus de chance de ne pas rencontrer d'obstacle. D'habitude, les gens laissent un passage libre autour. J'ai avancé jusqu'au bord, donc, avec ma main qui continuait à tâter ce qu'il y avait dessus. J'ai deviné un gros cendrier, sûrement en verre tellement c'était froid, avec un napperon en dessous, quelques papiers, d'autres choses que je n'ai pas pu définir.

– Il faudrait peut-être trouver l'interrupteur, ai-je dit.

Noëlle n'a pas répondu.

Je me suis lancé dans le noir inconnu, à la fin de la table. Vu que je ne connaissais pas les lieux, j'avais l'impression infecte que les murs se trouvaient à des kilomètres, ou bien qu'ils n'existaient même pas, que j'allais être précipité dans un gouffre sans fond. Alors qu'on était juste dans une maison normale, je l'avais bien vu de l'extérieur, c'était pas un château fort avec des oubliettes.

À vrai dire, en y repensant, elle m'avait paru un peu bizarre, la maison. Comme si on avait voulu nous attirer à l'intérieur, avec cette lumière allumée et la porte-fenêtre entrouverte. On n'aurait jamais dû entrer...

J'ai voulu faire demi-tour, mais derrière moi

tout avait disparu. Le noir avait avalé la maison. J'ai levé les bras devant moi, comme un aveugle. Bien que je n'aie jamais vu d'aveugle en train de faire ça. Tous les aveugles que je connais marchent à peu près normalement, un peu mieux même, pour certains d'entre eux. En plus, ils n'ont pas besoin de trouver l'interrupteur pour se rendre compte de l'endroit où ils sont.

Enfin, j'étais occupé à réfléchir à ça quand je me suis cogné l'épaule contre un truc très dur. J'ai réussi à ne pas crier, pour ne pas créer la panique chez Noëlle. C'était tellement solide, ce que je venais d'emboutir, que ça ne pouvait pas être quelque chose de franchement vivant. Quand on examine la situation calmement avant de crier, on pousse beaucoup moins de hurlements. L'ennui, c'est que ce n'est pas toujours possible.

J'étais tout simplement devant un mur. Je m'y suis collé et j'ai continué à avancer. Au bout de quelques pas, j'ai compris que je devais me trouver dans un couloir plutôt long. Avec les mains plaquées sur le mur, j'essayais de dénicher un bouton, une prise ou je ne sais quoi. En espérant que le type Jacques n'avait pas choisi de s'éclairer à la bougie.

L'interrupteur, j'ai fini par le trouver, au bout du couloir. Je me suis arrêté, et je l'ai actionné rapidement. J'en avais assez de toute cette obscurité, on allait enfin voir où on était. Mais rien ne s'est passé. J'ai poussé sur le bouton une deuxième fois, toujours rien. Même en le faisant basculer cet interrupteur, tournoyer, gigoter. L'ampoule devait être morte. Je n'aurais pas dû employer ce mot-là. C'est comme le sang, ça attire les requins.

Mais puisque j'en avais trouvé un, d'interrupteur, il devait en exister d'autres. Je me suis remis en marche. L'odeur de chaussettes rissolées devenait de plus en plus forte, à ce qu'il me semblait.

Je ne savais même plus combien de kilomètres j'avais déjà parcourus dans cette maison infernale. Devant moi, quelque chose a fait du bruit, du genre d'un moteur qui se met en marche. J'ai aussitôt songé à un frigo. C'est un bruit qui y ressemblait très fort. Je devais me trouver dans la cuisine du type Jacques. J'ai foncé vers l'endroit d'où le bruit provenait, en gardant toujours les mains en protection devant moi, pour écarter les toiles d'araignées et les lianes venimeuses.

Mes doigts ont rencontré la paroi toute lisse du frigo, j'ai trouvé la poignée un peu plus bas, et j'ai tiré la porte vers moi. Une lumière blanche comme du lait s'est répandue dans la pièce. Mais je ne me suis pas retourné pour apprécier l'effet. Parce que j'avais les yeux fixés sur l'intérieur du frigo et que je n'arrivais pas à m'en détacher. Il était couvert de sang, ce frigo. De haut en bas, de longues traînées d'un rouge infect qui dégoulinaient encore et qui avaient déjà formé une flaque. À part ça, rien, l'appareil était vide. Rien que ce sang qui avait éclaboussé les parois. C'était complètement raide, en tant que spectacle. J'ai d'ailleurs failli tomber à la renverse.

La porte du réfrigérateur s'est reclaquée toute seule, ou peut-être que je l'ai envoyée valser sans m'en apercevoir. J'ai bondi hors de la cuisine. J'ai retraversé le couloir. Heureusement que je venais de passer par là, je connaissais un peu les lieux. Ce qui m'avait pris une bonne dizaine de minutes la première fois m'a seulement demandé trois secondes. J'ai déboulé dans la pièce par où on était entrés. Il fallait que je parle du frigo à Noëlle.

Peut-être qu'elle pouvait m'expliquer. Moi, tout ce que je voyais, c'est qu'il avait dû y avoir une sacrée bagarre à l'intérieur de cet appareil.

Au moment où j'arrivais dans la pièce, il y a eu un peu de lumière, venant d'un rayon de lune ou je ne sais quoi. Je m'étais habitué à l'obscurité, aussi. J'ai immédiatement aperçu Noëlle, grimpée sur une chaise, occupée à examiner les cadres pendus au mur. Et derrière elle, presque aussi grand alors qu'il n'était pas sur une chaise, un type énorme qui se préparait à lui mettre la main dessus.

Il m'a entendu arriver, mais c'était trop tard. Au passage, mes doigts avaient saisi le gros cendrier en verre, ce sont mes doigts qui ont tout fait, et mes jambes. Le type s'est retourné, c'est comme ça qu'il a reçu le cendrier en plein front. Il a poussé un cri de bête enragée. J'avais dû sauter comme un chien pour le toucher aussi haut, tout au bout de ses deux mètres.

Noëlle a fait un bond en sautant de sa chaise, le type a poussé un autre cri en tombant sur le sol. Sa tête a roulé dans le rayon de lune plus clair, on a pu apprécier son visage distinctement et ses traits.

C'est alors que Noëlle a crié :

– Charles !

Je venais d'assommer Charles Aubert, le cadavre qui avait disparu de la morgue.

23

Charles est resté évanoui malgré nos soins. J'avais enfin découvert l'emplacement des interrupteurs et la maison était éclairée, à part le couloir où l'ampoule était grillée, comme je l'avais deviné. Tout paraissait moins grand, excepté Charles qui avait gardé ses deux mètres et ses muscles partout. Il avait même quelque chose en plus, une bosse rouge au-dessus de l'œil droit, qui grossissait sans arrêt et qui allait bientôt prendre toute la place sur son front. Noëlle lui tapotait la joue depuis dix minutes, sans autre résultat que de lui donner des couleurs. Il faut bien dire qu'il était pâle, le type Charles. Je suis allé dans la cuisine chercher un verre d'eau. J'ai réussi à faire ça sans regarder dans la direction du frigo sanglant. Je suis revenu dans la pièce principale et j'ai jeté l'eau froide sur le visage de Charles.

– Fais attention, a dit Noëlle en s'écartant pour ne pas être aspergée. Tu vas lui faire mal.

J'ai failli répondre que d'une part, le mal était déjà fait, et que d'un autre côté, même un canari ne serait pas arrivé à se noyer dans si peu d'eau. Mais je me suis dit que c'était normal qu'elle s'inquiète, elle devait fameusement l'aimer, c'est sûr.

En recevant l'eau, Charles a fait « Brouuu », mais sans même ouvrir un œil. J'avais frappé fort. Je m'étais toujours demandé comment ça se passait, quand les gens s'évanouissaient. Maintenant, je savais. Il suffisait de frapper assez fort sur la tête de n'importe qui. J'ai remis le cendrier en place, sur le napperon.

– Je suis désolé. Je lui ai peut-être cassé les méninges.

– Mais non, a dit Noëlle. Tu ne pouvais pas savoir. Tu as bien fait de venir à mon secours.

D'une certaine façon, elle était rassurée qu'il ne soit plus aussi mort qu'avant, Charles, mais sans doute qu'elle aurait préféré qu'il soit moins évanoui. Moi, je me demandais depuis tout à l'heure comment il avait fait pour passer pour un cadavre tout ce qu'il y a de réglementaire, et puis pour s'échapper de la morgue. Ils doivent apprendre ça, dans les écoles pour espions. J'étais de plus en plus sûr que c'en était un, bien que ça ne paraisse pas très croyable, à première vue. Le type Charles avait une tête ronde comme un ballon, avec presque pas de menton et un petit nez. D'habitude, les espions ne ressemblent pas à ça, mais je dois bien avouer que c'était le premier que je voyais en personne, excepté peut-être madame Kalisky, sur le compte de qui je n'étais pas encore vraiment fixé. Les autres, c'était surtout par la télé que je les connaissais. Et c'est un univers plutôt trompeur, il faut dire.

J'ai visité la maison, pendant que Noëlle continuait à tapoter Charles. Elle n'y allait pas assez fort, à mon avis, mais je n'ai rien dit. Elle se contentait de lui donner de minuscules claques sur les joues, en murmurant : « Charles, Charles… » et rien d'autre. L'eau avait éclaboussé ses cheveux et sa chemise autour du col. Il n'avait pas belle allure, le type Charles.

Je n'ai pas osé ouvrir le frigo une deuxième fois. La vue de tout ce sang liquide m'avait salement perturbé. C'était à cause de la surprise, bien sûr. Le sang en général, ça ne me fait pas peur ni rien, mais qui est-ce qui s'attendrait à en trouver qui dégouline dans un frigo tout ce qu'il y a de plus normal ? C'était juste ma première enquête. Je faisais des expériences malheureuses.

La cuisine était normale également. On se serait cru chez moi. Par moments, je m'attendais à entendre la voix de ma mère ou de mes deux sœurs. Le plus souvent, ma mère me crie, de la pièce à côté, d'arrêter de fouiller dans les armoires. C'est un truc que j'aime bien faire, j'aime savoir où se trouvent toutes les choses dans la maison. Il m'arrive d'en retrouver que tout le monde avait oubliées. Plusieurs fois, je me suis dit qu'il faudrait faire une liste. J'en avais commencé une, d'ailleurs, et puis quelqu'un me l'a fauchée et je ne l'ai plus jamais retrouvée. C'est une histoire plutôt ironique dans son genre.

Tout ça pour vous dire que si ma mère avait été là, elle aurait certainement pu me dire ce que ce sang faisait dans le frigo, et pourquoi Charles n'était pas mort. Elle tient absolument à avoir une réponse à toutes les questions, même les plus farfelues des fois. Elle est comme ça, ma mère. Je sais bien qu'elle peut avoir des attitudes infectes, être terriblement désagréable et tout, mais tout compte fait, je ne crois pas que j'en voudrais une autre. On ne sait jamais sur qui on peut tomber, en tant que mère. J'en connais d'ailleurs qui sont beaucoup plus cintrées que la mienne, je me demande même comment on fait pour les supporter. Ça ne m'étonnerait pas de lire des affaires de meurtre de mère dans les journaux, si je les lisais, ce qui n'arrive quasiment jamais, mais c'est pour la démonstration.

J'ai continué à explorer la maison. C'est dans la chambre que l'odeur de pieds était la plus forte. C'est normal, c'est là que le type devait enlever ses chaussures. Mais quel type, au fond ? Parce que, si j'avais sauté au visage de celui-là avec mon cendrier, c'est que je croyais avoir affaire à un certain monsieur Jacques, celui dont la vieille madame Lombard nous avait parlé. En plus, ils devaient avoir la même taille, d'où mon erreur. Quant à savoir ce que Charles faisait ici, on aurait déjà eu la réponse si je n'avais pas frappé aussi fort.

La chambre du type, Jacques ou Charles, empestait de toute façon. Je ne m'y suis pas attardé. Il n'y avait rien à voir. Elle était vide, ou plutôt bien rangée. Pas de pantalon accroché à l'armoire, pas de chemise roulée sous le lit, pas de slip sur la table de nuit. Juste cette odeur qui devait avoir imprégné les murs ou je ne sais quoi. Les espions puent des pieds, ils le disent jamais à la télé.

À part ça, la maison contenait encore une salle de bains, que j'ai inspectée en vitesse, pour la forme. Ce n'est pas la pièce que je préfère. Il y a trop de miroirs, trop de lumières au néon, et trop d'eau. Surtout trop d'eau, en fait. Au-dessus d'un verre, l'eau commence à me filer des angoisses, c'est psychologique, c'est dans ma tête. Ça a un rapport avec ma petite enfance, il ne faut pas chercher à comprendre.

J'ai donc refermé la porte de la salle de bains, et au même moment, j'ai eu comme un étourdissement. Des étoiles bleues et rouges se sont mises à danser devant mes yeux. C'était intéressant comme spectacle, mais un peu étrange. Je me suis assis par terre. Le sol était formé de carreaux blancs et noirs, rangés en formes géométriques. Ça m'a donné froid au derrière mais ça n'a pas chassé les étoiles. Même quand je fermais les yeux, elles continuaient de tourner, je n'arrivais pas à en suivre une, elles disparaissaient dans un coin pour réapparaître ailleurs. C'était agaçant, en fin de compte.

En ce qui concerne mes oreilles par contre, tout allait bien. Parce que j'ai entendu du bruit dans la pièce principale, alors que j'étais toujours assis dans le couloir. Sans doute que Noëlle avait réussi à réveiller Charles.

J'ai essayé de me mettre debout pour aller voir ça, quelqu'un a crié de l'autre côté, j'ai reconnu la voix de Noëlle. Je me suis dit qu'il était possible qu'elle pousse un cri de joie en retrouvant Charles tout à fait vivant cette fois.

Les murs tremblaient autour de moi. J'ai compris que j'avais faim. La dernière chose que j'avais mangée, c'était deux tranches de gâteau au chocolat. Je soupçonnais le patron de les avoir empoisonnées avec une drogue à retardement. De toute façon, il fallait que je réagisse.

Je me suis appuyé au mur du couloir,

comme un type qui vient de boire quinze whiskies, alors que je ne bois jamais d'alcool. Ma mère ne veut pas. Ça m'a pris du temps, mais je suis arrivé péniblement dans la pièce principale. Les bruits avaient cessé. Le silence était retombé raide. C'est alors que je m'en suis rendu compte et que je me suis dit que ce n'était pas normal.

J'ai appelé à voix basse :

– Noëlle ? Noëlle…

La pièce était déserte. Ils avaient disparu.

24

Dehors, les graviers de l'allée ont crissé. Des voix se sont fait entendre. Sans hésiter, j'ai couru jeter un coup d'œil par la porte-fenêtre. Enfin, quand je dis que j'ai couru, c'est peut-être un peu exagéré. Mes genoux s'étaient transformés en caoutchouc, et je devais viser soigneusement à travers les étoiles pour essayer de voir quelque chose. Je ne m'étais jamais senti dans un état pareil, à part le jour où j'avais dégringolé l'escalier de la cave, chez moi, et que j'étais resté couché ensuite pendant deux jours. Mais dans ce cas-ci, je n'étais même pas tombé ni rien. Je récupérais beaucoup moins vite, ça devait être à cause de l'âge.

Je me suis appuyé contre la vitre et j'ai respiré un bon coup. J'ai réussi à apercevoir des espèces de silhouettes, qui avaient l'air de s'éloigner de la maison. Et deux d'entre elles s'agitaient beaucoup. Vu que la pièce où je me trouvais était illuminée, j'avais plutôt des difficultés à discerner de qui il pouvait bien s'agir. Noëlle et le type Charles en train d'exécuter un petit pas de danse sur la pelouse, pour fêter leurs retrouvailles ? Peut-être que le coup que j'avais filé à Charles l'avait rendu maboul. Et comme Noëlle, à cause du grand amour, ne pouvait rien lui refuser... J'en étais à ce stade de mes réflexions, quand une voix a crié :

– Robert ! Regarde. Le petit est là.

C'était la voix de madame Kalisky, pas de doute là-dessus.

Le type Robert ne devait pas se trouver très loin, parce qu'il a demandé :

– Où ça ?

Il a ensuite poussé un gémissement terrible, et j'ai aperçu sa silhouette à lui aussi, plus maigrichonne dans son genre, qui se redressait, à quelques mètres de la maison.

– Là, là, à l'intérieur ! a crié madame Kalisky. Tu fois bien que j'afais raifon.

– Frank ! a hurlé Noëlle en couvrant la voix de la dame. Ne reste pas là. Cours prév...

Elle s'est arrêtée brusquement. Comme elle n'avait pas l'habitude de chercher ses mots à ce point-là, je me suis dit qu'on avait dû l'empêcher de continuer, en lui plaquant une main pleine de doigts sur la bouche. Ça m'a méchamment énervé, ces doigts-là. Je voyais la bouche de Noëlle, ses lèvres écartées, et une main, la plus moche et la plus répugnante des mains, collée dessus pour qu'elle ne puisse plus me parler.

Dehors, c'est madame Kalisky qui a crié.

– Attrape-le, Robert !

– Si tu crois que c'est facile, a répondu l'autre. J'ai déjà un paquet sur les bras, je ne peux pas m'occuper de tout.

Je regardais et j'écoutais comme si ça ne me concernait pas, ou alors de très loin. Je me disais bien que j'aurais dû réagir d'une façon ou d'une autre, me précipiter sur le téléphone pour appeler la police, ou bien selon ma vieille habitude, balancer un cendrier en verre sur la tête de quelqu'un. Mais non, rien. J'étais devenu de la marmelade à ce qu'il semblait, de la mayonnaise. On ne devrait pas se transformer en mayonnaise à mon âge, c'est sûr que ça doit laisser des traces plus tard.

Une espèce de brouillard avait envahi la maison, des fumées jaunes et grises.

Au travers, j'ai aperçu Robert Lombard qui s'approchait. Je me trouvais près de l'ouverture de la porte-fenêtre. Au moment où il allait se glisser par là, je suis parvenu à tendre le bras, à saisir la poignée et à reclaquer le tout sur la main du type. C'était moins une. J'ai poussé plus fort, ça l'a obligé à retirer sa main s'il ne tenait pas à la récupérer en bouillie. Ça m'a redonné des forces, juste assez pour dissiper le brouillard en tout cas. Ce brouillard-là, il devait se trouver dans ma tête comme le reste. Mais de le savoir ne changeait pas grand-chose.

Il fallait que j'éteigne les lumières, pour qu'ils n'arrivent plus à me voir, du dehors. Après ça, je ne savais plus exactement ce que je devais faire. Agir sans réfléchir en fonçant dans le tas, ou bien examiner calmement la situation ? En tout cas, ne pas se laisser aller.

Alors j'ai été vérifier la porte d'entrée. Si ils entraient par là, j'étais cuit. Justement, j'ai entendu des pas qui se rapprochaient à l'extérieur, pendant que je tournais la clé à double tour dans la serrure. Une seconde plus tard, la poignée s'est agitée comme une folle dans tous les sens, et quelqu'un a crié une grossièreté pas très originale.

Au moins, à l'intérieur de cette maison, j'étais à l'abri. Madame Kalisky et les autres se trouvaient dehors, ils ne pouvaient pas m'attraper. Mais ça ne réglait pas le problème de l'enlèvement de Noëlle. Elle m'avait crié de prévenir, mais prévenir qui ? On était seuls dans cette ville, elle et moi.

C'est alors que le brouillard a fait sa réapparition, et les étoiles par la même occasion. Je me suis retrouvé assis par terre sans savoir comment. Je ne voulais qu'une chose, c'était dormir. À travers le brouillard, de l'autre bout du couloir, une forme s'est approchée de moi, puis s'est penchée un instant. Ensuite la forme a ouvert la porte que je venais de fermer, et elle a dit :

– Ça va. Le petit est là. Il n'a pas l'air très bien.

Dans ma tête, la lumière s'est éteinte.

25

Un jour, il y a de ça plusieurs années, j'allais encore à l'école juste à côté de chez moi, il m'est arrivé une histoire avec un chat. Un chat tellement minuscule qu'on ne s'imagine pas que ça soit possible. Je traversais la rue en sortant de la maison, et ma mère m'observait comme elle tenait à le faire chaque fois, alors qu'il y passait une voiture tous les quinze jours, dans cette rue. Mais j'avais beau lui dire que je pouvais traverser sans problème, elle restait là à me regarder un moment avant de refermer la porte.

Mon école de cette époque se trouvait juste en face. On aurait cru qu'elle avait été construite spécialement pour moi. Des fois, c'est ce que je me disais, et ça me mettait de bonne humeur. Ce matin-là, par exemple, je me sentais bien. Comment je peux me souvenir de ça à coup sûr, je n'en sais rien, toujours est-il que je me vois en train de traverser cette rue drôlement tranquille et tout. Je me vois même occupé à siffler. Je ne siffle jamais, dans la vie réelle, alors je ne vois pas pourquoi je me mettrais à siffler dans mes souvenirs. N'empêche, c'est comme ça, je ne peux m'enlever ça de la tête, je siffle en traversant la rue.

J'allais grimper les trois marches qui mènent au porche de l'école quand j'ai remarqué la boule de poils. À ce moment-là, c'était encore une boule de poils et rien d'autre. C'est en me penchant que j'ai compris que c'était un chat. D'habitude, je ne tiens pas à caresser les bestioles qu'on trouve un peu partout dans les rues, les chiens et les autres, rapport à la vermine qu'ils transportent sur le dos. J'avais lu quelque part, dans un magazine, que les chiens transportent la plupart du temps des centaines d'insectes ou je ne sais quoi. Ils avaient même mis des photos, dans le magazine, pour prouver. C'était bien les photos les plus infectes de la terre. Ça grouillait entre les poils, d'après ce qu'ils disaient.

Mais là, en ce qui concerne la boule de poils, je n'ai pas réfléchi à ça. Il était impossible de croire qu'elle était couverte de vermine, cette boule de poils là. Je l'ai caressée et le chaton s'est un peu déplié, et comme si il n'attendait que ça, il s'est frotté sur ma main. C'est au même instant que j'ai entendu la sonnerie.

Selon un fichu règlement que personne ne se vantait d'avoir inventé, il fallait qu'on arrête d'un coup ce qu'on était en train de faire, dès que la sonnerie se mettait en marche, et qu'on aille se ranger en file dans le préau. Jusque-là, vous pouviez faire tout ce que vous vouliez, et on ne s'en privait pas. Il y en avait qui couraient comme des cintrés, les uns après les autres, ou bien simplement tout seuls, juste comme ça, pour gaspiller l'énergie. Certains arrivaient à se couvrir de poussière en dix minutes, rien qu'en se poussant dans les coins de la cour. Un spectacle plutôt démoralisant, si vous preniez le temps de l'observer.

En ce qui me concerne, vu que j'habitais à même pas cent mètres de l'école, j'avais décidé d'attendre chez moi qu'il soit l'heure. Je me laissais une marge de deux minutes, puis je fonçais rejoindre les autres, déjà rangés. C'est pas parce que je refusais de les fréquenter, ni rien. Ce que je n'encaissais pas, c'était ce système d'attendre la sonnerie. C'est ce qui vous rendait malade, certains en devenaient mabouls et se mettaient à faire des trucs qu'ils n'auraient jamais eu l'idée de risquer, en temps normal. Cette sonnerie qu'on attendait, ça vous donnait envie de courir d'un bout à l'autre de la cour, en criant. Il y avait une tension insupportable, et le plus dur, c'est que ça recommençait tous les matins.

Donc, ce jour-là, alors que la boule de poils dépliait les pattes pour se frotter à ma jambe, quand j'ai entendu la sonnerie, je me suis dit que je devais agir. Si je laissais le chaton à cet endroit, dans le porche, il se pouvait très bien qu'un abruti passe par là, et se mette dans la tête de s'amuser un peu avec la bestiole. Quand je dis s'amuser, je me comprends. Ou bien qu'un des camions qui empruntaient la rue une fois toutes les lunes, choisisse justement ce jour-là pour débouler et en faire de la purée sanglante. C'était horrible, je ne pouvais absolument pas le laisser là. Et derrière moi, évidemment, ma mère avait disparu, il était trop tard pour que je retourne à la maison pour y ramener l'animal.

Il a donc passé la journée dans mon banc. J'avais roulé mon écharpe à l'intérieur et il dormait dedans.

Bien sûr, les autres types ont fini par se rendre compte de quelque chose. J'allais tellement souvent fouiller dans mon banc que ça devenait louche. Vers dix heures, les gens de l'école nous distribuaient à chacun un berlingot de lait, qu'on avalait comme des affamés. Puis, on avait le droit de se précipiter dans la cour, et le manège du matin recommençait.

Je suis resté dans la classe, et j'ai fait couler une petite flaque de lait à côté du chat. Ça l'a réveillé. Il a bu en vitesse, puis il s'est mis à me lécher la main. Sa langue était comme une rape miniature, mais ça ne me faisait pas mal du tout. C'est la meilleure journée que j'ai passée dans cette satanée école des petits.

C'est à cet épisode de ma vie que je pensais, alors que j'étais évanoui. Du moins, je crois, parce que quand j'ai repris connaissance, j'étais dans une forme terrible.

26

J'ai ouvert les yeux, et j'ai voulu me les frotter avec mes poings fermés, ainsi que je fais toujours. C'est alors que je me suis rendu compte que je ne pouvais pas bouger les mains. Elles étaient bloquées dans mon dos. Tout le reste aussi d'ailleurs, j'avais le corps complètement coincé. Pas moyen de remuer même le petit doigt. Il y avait comme une ficelle épaisse, genre marine, qui me serrait des pieds à la tête. J'ai souri. C'est vous dire si j'étais de bonne humeur.

J'ai bougé la seule chose qui restait mobile, mon cou, en essayant d'apercevoir ce qui se trouvait autour de moi. Je ne reconnaissais rien, mais d'une certaine façon, c'était normal. Je ne m'attendais pas à me réveiller bien au chaud dans mon lit, avec un peu de sueur sur le front à cause d'un mauvais rêve. Ça n'arrive que dans les histoires mal fichues, ça.

Autour de moi, donc, en tournant le cou dans tous les sens, j'ai fini pas distinguer les murs, avec un tas d'outils posés dans un coin à ce qu'il m'a semblé, genre râteau, bêche et tout l'attirail. Des seaux, des tas de seaux, les uns dans les autres, rangés. Les murs étaient nus, en briques grises. on devait être dans une espèce de remise.

J'ai tortillé mon corps pour apercevoir le reste de la pièce. J'étais étendu sur le sol, un sol lisse en pierre froide. Mon nez a frôlé la pierre dans la manœuvre, et j'ai compris que je me trouvais dans un garage, à cause de l'odeur d'huile et d'essence qui flottait. Il traînait d'ailleurs une flaque de liquide graisseux pas très loin.

À force de me tortiller, j'ai fait jouer la corde qui me serrait les poignets, et je me suis arraché un bout de peau. Je n'ai pas pu m'empêcher de gémir, et dans le silence, ça a provoqué un bruit terrifiant. Je me suis arrêté aussi net. Je me suis réinstallé sur le dos, c'était la position la plus confortable, excepté que mes mains faisaient comme un petit coussin. J'ai observé le plafond. Il ressemblait aux murs. Ce garage était d'un intérêt, je vous jure.

J'avais soif, terriblement soif, je ne me souvenais pas avoir jamais ressenti une telle envie de boire, n'importe quoi, un coca glacé, un jus de grenadine, un verre de lait à la rigueur. Mon état de soif m'aurait poussé à commettre des horreurs.

Au bout de dix minutes d'observation du plafond, je m'ennuyais. Je suis le genre de type à qui il faut toujours du nouveau. J'en connais qui pourraient passer des après-midi entiers dans ce garage à examiner le plafond. Pas moi. Il me fallait de l'action. N'importe quoi mais de l'action. L'ennui c'est que j'étais transformé en limace. C'est pas la bestiole la plus remuante qui soit. J'en ai déjà vu, n'allez surtout pas croire que j'invente. Je n'invente jamais. Même pour mentir, je suis obligé de répéter des mensonges déjà existants, des trucs que j'ai entendus ailleurs. Je ne peux dire que ce qui existe, c'est raide. Dans le genre, je suis plutôt chroniqueur, comme le type Froissart, un vieux pas idiot du tout, qui s'est mis à raconter tout ce qu'il voyait, avec des détails. Moi, ce qui me plairait, c'est d'assister à une bataille gigantesque, avec des milliards de soldats qui détalent dans tous les sens comme des cintrés, et qui n'arrêtent pas de se battre, de tirer des coups de fusil et de balancer des grenades. Je me planquerais pas loin, j'observerais calmement et puis je raconterais ce qui s'est passé à ceux qui n'y étaient pas. C'est un métier qui me plairait, ça. Mais ma mère prétend que chroniqueur, on ne fait plus depuis le Moyen-Âge. Je ne suis pas dans le siècle qu'il faut. Se rendre compte d'une erreur pareille, je vous jure que ça fait un sacré choc.

Enfin, tout ça pour vous dire que je m'étais mis à penser à la limace que j'étais devenu. Je me la figurais, cette limace, se remuant sur le sol. Elle se pliait en deux, puis avançait un de ses bouts d'un centimètre dans une certaine direction. Je n'avais pas le choix, j'ai essayé la même technique. Il n'y a aucune honte à faire la limace, si c'est pour avancer.

J'ai plié les jambes, doucement, au niveau des genoux, et tout s'est bien passé. Je contrôlais la manœuvre avec mon cou replié. La corde s'est resserrée un peu dans le bas, mais rien d'insupportable, il y avait encore du jeu. Et puis je me suis dit que ça ne servait à rien d'hésiter. Alors j'ai exécuté un mouvement brusque, terriblement violent, pour lancer ma poitrine en avant, en utilisant les muscles, là dans le ventre, les abdos, ceux qui ne servent jamais qu'au cours de gymnastique. Là, ils ont servi. Je me suis retrouvé assis sur le sol, c'était déjà mieux que couché. J'étais la première limace assise de toute l'histoire. C'était à cause des abdominaux que je possédais dans le ventre. Je n'y penserais plus jamais de la même façon, à mes abdos. Vous ne pouvez pas comprendre, il faut être passé par le stade limace pour apprécier.

J'ai attendu une dizaine de secondes dans le silence, en observant la petite fenêtre toute sale par où entrait la lumière. Il n'y en avait pas beaucoup, de lumière. La fenêtre était minuscule, et comme je viens de le dire, elle était couverte d'une couche de poussière d'un centimètre. J'essayais de regarder à travers, pour apercevoir l'extérieur, quand soudain tout s'est illuminé, au moment où je m'y attendais le moins. Un rayon de soleil a percé la couche de poussière et est venu m'éclairer, juste moi, comme un spot blanc qui tombait du ciel.

Du coup, j'ai senti que mes jambes avaient

envie de se tendre, et sans trop réfléchir, je me suis mis debout d'un bond.

J'ai vacillé un peu, dans un sens puis dans l'autre. J'étais ligoté comme une limace, d'accord, mais j'étais debout. Si je m'élançais avec assez de force, j'étais sûr que j'arriverais à m'envoler. Dommage qu'il n'y avait pas beaucoup d'espace aérien, dans ce garage, sinon j'aurais essayé. Je me sentais fort.

Puis, la porte du garage s'est ouverte, et madame Kalisky a éclaté de rire en m'apercevant.

27

Je l'avais complètement oubliée, celle-là. J'avais oublié tout le monde, d'ailleurs, et ce qui s'était passé. Noëlle, Charles, Robert Lombard et la dame Kalisky. Depuis que j'avais repris connaissance, je n'avais pas repensé une seule fois à ce qui nous était arrivé. C'était soufflant de se dire que ça ne faisait même pas un jour. Hier matin, Noëlle et moi, on était en train de jouer aux ours sur l'autoroute, et maintenant j'étais prisonnier d'une horrible bonne femme. Peut-être que plus jamais je ne referais l'ours sur une autoroute. Ça me manquait déjà.

Madame Kalisky a refermé la porte du garage, et elle est allée allumer le plafonnier.

– Alors, on est moins fier, maintenant, on n'est plus auffi nerfeux. On fe tient tranquille.

Elle souriait, en dégageant dix centimètres de ses dents pourries. Elle s'est approchée de moi, de plus en plus près, au ralenti. Et là, en prenant son temps, elle a levé la main, et l'a appuyée sur ma poitrine, et elle m'a poussé. J'ai valsé en arrière, impossible de me raccrocher à quoi que ce soit. Mon derrière a heurté le sol, puis le mouvement a continué sans que je parvienne à m'arrêter, et mes épaules puis ma tête sont allés frapper la pierre. Ça m'a fait si mal que j'ai poussé un cri, et en m'entendant crier, elle s'est remise à rire. C'est ça qui m'a vraiment tué.

J'ai essayé de ne pas pleurer. J'étais sûr que si je pleurais, ça allait la rendre folle de joie et je ne voulais pas lui faire ce plaisir. À travers mes paupières serrées, je l'ai vue qui se penchait vers moi.

– Pleure, si tu en as enfie, fas-y, pleure. De toute fafon, f'est la feule chose qu'il te refte à faire.

Je ne savais pas qu'il en existait réellement, des monstres comme ça. J'avais cru que c'était des inventions.

Tous les gens que j'avais traités de monstre étaient des minables à côté d'elle. Elle était la championne question monstruosité. Je me suis dit que je ferais peut-être bien d'avoir peur.

Elle s'était redressée, et elle avait disparu de mon champ de vision. Je préférais ça. Mais d'un autre côté, je continuais à entendre sa voix.

– On ne peut pas m'échapper. Jamais, tu m'entends ? F'est idiot de croire une chofe pareille. Quand je feux quelque chose, je l'obtiens, f'est clair ? F'est parfe que je fuis plus intelligente et plus méchante que les autres.

J'essayais de faire tourner doucement mes poignets pour leur donner un peu de liberté. Je ne répondais pas.

– F'est la photo que je feux. La photo !

Elle s'était mise à hurler.

– Je fais que tu la poffèdes. Je fais que tu connais l'endroit où fe troufe fette photo. Et tu fas me le dire, tu entends, tu fas me le dire.

J'ai entendu ses talons qui s'éloignaient, puis la porte du garage qui s'ouvrait. Elle a crié :

– Robert, Marfel ! Fenez une feconde.

Robert, je le connaissais, c'était le photographe artistique. Mais Marfel ?

Je ne me suis pas posé cette question longtemps. Les deux types se sont amenés dans le garage, j'ai tourné la tête et une grosse masse s'est interposée entre moi et l'extérieur. Une masse énorme. Marcel, c'était le type de l'hôtel du Pélican. Il était avec eux. Toute la ville était donc contre nous. Pas étonnant qu'on se soit fait piéger.

– Ah, il est réveillé, le petit ? a dit le type de l'hôtel.

– Oui, oui, a répondu la dame Kalisky. Je foudrais qu'on l'emmène au falon. Fous poufez le tranfporter à fous deux.

– Bien sûr, a fait Marcel comme si elle lui avait posé une question.

Il ne se rendait pas compte qu'elle ne demandait jamais rien, la monstresse, qu'elle donnait seulement des ordres.

Justement, elle a ajouté :

– Toi, Robert, prends les pieds.

Le type de l'hôtel s'est penché vers moi.

– C'est vous qui l'avez ficelé comme ça ? a-t-il demandé en se retournant vers la dame. Vous croyez que c'est vraiment nécessaire ?

– On ne fait jamais.

– Oui, bien sûr. Je veux bien. Mais à ce

point-là, on dirait un saucisson de campagne.

Il avait des références culinaires, le type Marcel. Il a passé la main sous la corde qui me serrait les épaules.

– Je veux bien que ça soit résistant, à cet âge-là, mais quand même…

– On ne fous demande pas fotre afis. Contentez-fous de faire ce qu'on fous dit.

– Bon, bon, si vous le prenez comme ça, a répondu Marcel. N'empêche que c'est quand même grâce à moi qu'il ne s'est pas échappé, votre voleur. Si je n'étais pas arrivé au bon moment, il disparaissait dans la nature.

– Arrêtez de fous donner de l'importanfe, a crié Madame Kalisky. Je vous ai déjà remerfié, non ?

J'ai dressé la tête autant que j'ai pu.

– Voleur ? Quel voleur ? On lui a rien volé, à la dame. C'est elle…

– Tais-toi ! a hurlé madame Kalisky en se précipitant sur moi.

– Qu'est-ce qu'il a dit ? a demandé Marcel.

Elle a essayé de me bâillonner. J'ai senti ses doigts se plaquer sur mes lèvres. J'ai ouvert la bouche, et je lui ai donné un bon coup de dents sur la main, en appuyant très fort. Elle a crié et s'est écartée.

Je me suis aussitôt tourné vers le type Marcel.

– On n'a rien volé du tout. Je vous jure. Il faut me croire, c'est elle. C'est elle qui veut nous piquer la photo. C'est une espionne, elle a déjà tué Charles.

– Imbéfile, a dit la dame. Je n'ai tué personne, qu'est-ce que tu racontes ?

C'est vrai. Dans l'affolement, j'avais oublié que Charles n'était pas mort.

– Je ne comprends rien, a dit Marcel. Mais ce que je sais, c'est que tu n'aurais pas dû mordre madame Kalisky. Ça ne se fait pas.

28

J'ai compris que ça ne servait à rien d'insister avec le type de l'hôtel. Jusque-là, il nous avait pris pour des voleurs, Noëlle et moi, et lui faire changer d'avis ne serait pas vraiment facile. C'était le genre de type qui se fiait aux apparences.

Ils m'ont donc sorti du garage en me portant, comme la dame Kalisky leur avait demandé. Ils faisaient tout ce qu'elle demandait, elle s'était donc mise dans la tête que le monde entier lui obéissait de la même manière. C'est sans doute de cette façon-là qu'elle était devenue petit à petit monstrueuse.

Dehors, le soleil continuait de se lever, ce qui devait être plutôt joli à contempler comme spectacle, si on avait le cœur à ça. Ce n'était pas mon cas. Je voudrais bien rencontrer quelqu'un qui apprécierait un lever de soleil, même avec les rayons rouges et tout, en étant ficelé des pieds à la tête, et transporté comme un infect vieux paquet de linge. C'est un peu l'état d'esprit dans lequel je me trouvais, avec l'intelligent Marcel derrière et le plus intelligent Robert devant. Je commençais sérieusement à me demander si je ne m'étais pas trompé en imaginant que c'était des espions, ces types-là. Peut-être qu'ils n'en savaient rien eux-mêmes et qu'ils étaient pour ainsi dire manipulés par la dame. C'était une solution à creuser.

En tout cas, ils ont continué à me porter, notre petit groupe a traversé la pelouse, et j'ai compris qu'on n'avait pas quitté la maison du type Jacques, celui qu'on n'avait d'ailleurs jamais vu, bizarrement. Puis on est entrés dans la grande pièce, toujours par la porte-fenêtre. Ils m'ont déposé sur le canapé le plus proche, en soufflant comme si je pesais une tonne.

– Frank ! a crié une voix.

Je me suis tourné dans sa direction, et c'était Noëlle. Elle était installée sur une chaise, avec les pieds liés et les mains dans le dos. Avec ça, elle ne pouvait plus faire un geste. J'ai voulu sourire pour ne pas l'affoler, et elle m'a demandé si j'allais bien. J'ai arrêté de sourire.

– J'ai soif.

– Donnez-lui à boire, a ordonné Noëlle.

– Fi je feux, a répondu madame Kalisky. Je penfe qu'afant de fe reftaurer, nous allons afoir une petite conferfation, lui et moi.

– On n'a rien à vous dire.

– F'est fe qu'on fa foir.

Elle avait vraiment le don d'utiliser les mots qui ne lui convenaient pas. Elle devait le faire exprès pour qu'on soit surpris à chaque fois.

– Bon, a dit Marcel. Qu'est-ce qui se passe maintenant ? Vous ne croyez pas qu'il vaudrait mieux appeler la gendarmerie ?

– Pas question. Fous fafez bien comme moi que fe font des incapables.

– Ah…

– On leur mettrait des preufes fous les yeux qu'ils refuseraient de les foir.

Elle est revenue vers moi.

– Tu n'auras pas à boire fi tu ne me dis pas où est fette photo.

– Mais qu'est-ce que vous avez avec cette photo ? a dit Noëlle. Je ne comprends vraiment pas pourquoi vous vous excitez à ce point-là.

– Fous n'afez pas à le fafoir, a répondu madame Kalisky. Dites-moi fimplement où elle est et après je fous libère.

– Pas avant que vous nous donniez la raison pour laquelle vous voulez la récupérer, a dit Noëlle.

– Jamais. Fous ne le faurez jamais !

– Moi, je le sais, a fait une voix que je ne connaissais pas. Je sais pourquoi elle veut cette photo, j'ai fini par comprendre.

– Fous, taisez-fous.

Je me suis tortillé dans tous les sens, en dressant le cou, pour apercevoir le type qui venait de parler, mais je n'y suis pas arrivé. Il devait être bien caché. Je me suis tourné vers Noëlle.

– C'est qui ?

– C'est Charles.

Je m'en doutais un peu, à voir les yeux doux qu'elle faisait. Charles n'était plus mort, ni même évanoui, et il s'était remis à parler.

– Si vous voulez récupérer cette photo, c'est parce que c'est le seul élément qui prouve que vous vous trouviez dans cette ville la semaine passée, a dit la voix grave de Charles, qui semblait sortir des murs.

– F'est ridicule.

– Ce qui est ridicule, a repris la voix, c'est que c'est votre complice lui-même qui a fait l'erreur de me prendre en photo sur la terrasse. Il n'avait même pas vu que vous étiez derrière moi.

– Quelle photo ? a demandé le type de l'hôtel. On ne m'avait jamais parlé d'une photo. C'est ça qu'ils vous ont volé ? Vous m'aviez dit qu'ils avaient piqué dans la caisse.

– Oh fous, taisez-fous, a dit la dame très énervée. J'ai déjà affez de problèmes comme fa.

J'en ai profité pour me redresser un peu, dans l'espoir d'apercevoir Charles. Comme je n'y arrivais toujours pas, j'ai dit :

– C'est une espionne, non ? Et toi aussi. C'est pour ça qu'il y avait tout ce sang dans le frigo.

– Tout ce sang ? Quel sang ? a demandé Noëlle.

– Dans le frigo, c'était plein de sang. Pas vrai, Charles ?

– Oh ça, a fait la voix de Charles.

– Qu'est-ce que c'est que cette histoire de sang ? a encore demandé Noëlle.

– C'est un lapin, a fini par lâcher Charles. Ces derniers jours, je n'ai pas osé allez chez le boucher en ville. Il me connaissait trop bien. Alors je me suis décidé à attraper un lapin, il y en a beaucoup dans les environs.

– Ça n'explique pas pourquoi le frigo était plein de sang, ai-je dit.

Il voulait nous égarer, ce type-là, avec son lapin.

– C'est parce que je l'ai mis au réfrigérateur, a fait Charles. En vérité, le lapin n'était pas tout à fait mort.

– Mais c'est horrible, a dit Noëlle en faisant une grimace.

– Je n'ai pas l'habitude, a répondu Charles. Il fallait bien que je mange. Il n'y avait plus rien dans la maison.

– Parce que tu l'as mangé ! a crié Noëlle.

– C'est ridicule, j'ai dit. Tout ça parce qu'il ne veut pas avouer que c'est un espion.

Et j'ai ajouté, en montrant madame Kalisky du menton :

– Et elle aussi.

– Imbéfile !

– Ce n'est pas une espionne, a dit Charles. C'est tout simplement quelqu'un qui voulait toucher une belle somme d'argent, sur le compte des Assurances Réunies, voilà tout.

– Je savais bien que ça ne marcherait pas, a dit le photographe Robert qui jusque-là s'était tenu bien tranquille dans son coin.

– Tu ne fas pas t'y mettre auffi !

Elle parlait à tout le monde en même temps. C'était une sacrée bonne parleuse dans son genre. Qu'est-ce que ça aurait donné si elle n'avait pas eu ce défaut complètement infect dans les gencives.

– Je vous avais prévenue. C'était une folie de risquer le coup une troisième fois, a repris Robert Lombard tristement. Vous n'avez pas voulu m'écouter, et maintenant, c'est trop tard. Il a tout deviné.

– Tu n'es qu'un idiot, a déclaré madame Kalisky qui s'énervait de plus en plus.

– Ça fait presque un an que je vous observe, a dit la voix de Charles. Un an que votre dossier a attiré mon attention.

Madame Kalisky s'est un petit peu calmée pour lui demander :

– Fous trafaillez aux Affurances Réunies ?

– Je suis un des inspecteurs chargés des cas litigieux. Et le vôtre l'était plutôt, litigieux, non ? Deux maisons qui flambent en moins de deux ans, et puis une troisième, pas plus tard que la semaine passée, ici dans la ville. L'ennui, c'est que je m'y trouvais aussi, dans cette ville. J'avais déjà commencé ma petite enquête.

Je n'arrivais pas à bien déterminer d'où sortait la voix. On aurait dit qu'elle rebondissait sur les murs.

– Fous ne pourrez jamais rien proufer, a dit la dame. Fous n'aurez jamais le moindre preufe. F'est moi qui fous le dis.

Elle commençait à paniquer. Charles était bien plus fort qu'elle, en tant qu'espion. Sa couverture d'agent des Assurances était parfaite dans son genre. J'aurais bien voulu en apercevoir un petit bout pour le féliciter.

– Je me suis fait passer pour un certain monsieur Jacques.

C'était toujours la voix de l'espion invisible.

– C'est moi qui ai racheté le cadre avec la photo. Je sais donc où elle est cachée. Et vous devez bien comprendre que je ne vous le dirai en aucun cas.

– Laissez-moi les détacher, a dit Robert Lombard. Vous voyez bien qu'il a tout compris. Même si vous récupérez la photo, ou bien si vous arrivez à la détruire, il n'aura qu'à aller confier ce qu'il sait à la police.

– Tu n'es qu'un lâche, Robert.

– Il ne reste plus qu'à les libérer, a insisté le type Robert.

– Il n'en est pas queftion. Fous allez tous me faire le plaisir de ne pas bouger, f'est compris ? Le premier qui fait un gefte, je l'abats.

Et de son décolleté, elle a sorti un petit revolver d'espionne, noir et blanc et verni.

29

Robert Lombard a haussé les épaules et a dit :

– Mais vous n'allez tout de même pas les tuer tous !

– Je fais me gêner.

– C'est absurde, ma chère Irène.

C'était la première fois qu'on entendait son prénom, au monstre. Quant au type Robert, il n'en croyait pas ses oreilles. Il avait l'air de découvrir tout à coup qui était vraiment Irène Kalisky. Il ne s'y attendait pas. Elle l'avait trompé. Elle a encore dit :

– Nous ferrons bien. En attendant, faites ce que je fous dis.

– C'est une vraie cinglée ! a crié Noëlle en agitant les pieds et en faisant trembler sa chaise sur place.

– Taisez-fous, petite pefte. Je ne fais pas fe qui me retient...

Elle s'est approchée de Noëlle, en pointant son pistolet dans sa direction. Je l'ai bien regardé, le pistolet. On n'aurait jamais imaginé qu'il pouvait faire quelque chose de terrible, il paraissait tout petit et inoffensif. Si je n'avais pas été ficelé de haut en bas, je me serais lancé sur elle sans hésiter, et je l'aurais désarmée sans problème. De toute façon, même si elle avait le réflexe de m'envoyer une balle, ça ne devait pas faire trop mal. Mais j'étais incapable du plus petit mouvement, alors ça ne servait à rien de m'exciter plus longtemps dans ma tête.

Noëlle a avalé ce qu'elle avait dans la gorge, je connaissais ça, c'était la boule, et puis elle a dit:

– Vous ne vous en tirerez pas comme ça. Tout le monde sait que nous sommes ici, on va nous chercher...

Elle levait la tête, pour avoir l'air plus méchante qu'en réalité. Je me suis demandé si Charles la voyait comme moi. Elle était comique d'une certaine façon, j'étais content de la connaître, même dans cette situation infecte.

Il fallait que j'ajoute quelque chose moi aussi,

sans ça ils allaient m'oublier, mais tout ce que j'ai trouvé, c'est de lancer :

– Et si on se jetait tous sur elle en même temps ?

Puis je me suis rendu compte, en regardant Noëlle pour voir sa réaction, qu'elle était attachée comme moi. En ce qui concerne Charles, je pense qu'il devait l'être aussi, enfin je l'espère pour lui, parce que sinon je ne comprends pas pourquoi il n'a rien tenté de son côté, en tant qu'espion.

Madame Kalisky a éclaté de rire. Elle tenait à paraître détendue et tout.

– Fous ne comprenez pas que fous êtes à ma merfi ?

– Et moi, qu'est-ce que je fais ? a demandé le type de l'hôtel. Je voudrais bien qu'on m'explique un petit peu ce qui se passe. Qu'est-ce que c'est que cette histoire d'incendie ? Je pense qu'on ferait mieux d'appeler la police.

– Fous m'énerfez, à la fin, a dit la dame Irène. Fous n'afez pas encore compris qu'ils infentent n'importe quoi pour afoir une occasion de f'échapper.

– Vous croyez ?

Ça le dépassait, le Marcel. Il ne suivait plus.

C'était le type le moins futé que je connaisse. Il était capable de vous poser la même question dix mille fois de suite, sans se lasser.

– Mais, qu'est-ce qu'ils ont volé, alors ?

Madame Kalisky a soupiré. Il lui tapait sur les nerfs.

– Une photo, foilà !

– Une photo ? Et c'est pour une photo que vous les ligotez comme ça ? C'est pas normal, cette histoire.

– Laiffez-moi défider de fe qui est normal et de fe qui ne l'est pas.

– Vous n'en sortirez pas, ma chère, a dit Robert Lombard. L'affaire est allée trop loin.

Depuis quelques instants, il n'arrêtait pas de lui servir du « ma chère » à toutes les phrases. Il avait une sorte d'humour très intellectuel, Robert. C'est le genre de type que j'aurais aimé rencontrer dans d'autres circonstances. Je peux être terriblement mondain quand je m'y mets.

– Mais qu'est-ce que tu racontes, Robert ? a encore demandé le type de l'hôtel. L'affaire est allée trop loin ? Quelle affaire ?

Il ne se fatiguait pas vite, ça au moins il fallait le reconnaître. Madame Kalisky s'est rendu compte qu'il commençait à saisir, la situation n'était pas aussi claire qu'il l'avait cru jusque-là. Elle a dit :

– Bon, affez joué.

Et elle a obligé Robert Lombard à le ligoter lui aussi, avec ce qui restait de corde. Elle adorait voir les gens ficelés autour d'elle. Quant au type Marcel, cette fois-ci, il ne comprenait plus rien. Il disait à Robert, qui s'était mis à l'entourer de ficelle :

– Mais... Qu'est-ce que tu me fais, Robert, qu'est-ce que...

– Je suis forcé, répondait l'autre d'une voix si pincée qu'on aurait dit un majordome. Je suis forcé. Tu dois me comprendre.

– Comprendre ?

C'était la derniere des choses qu'il arriverait à faire.

Il a fallu un bon bout de corde pour emballer correctement le type de l'hôtel, vu sa carrure particulière au niveau du ventre. Il soufflait comme un phoque, pendant que madame Kalisky surveillait la manœuvre en tirant sur les nœuds. Elle n'avait plus vraiment confiance en Robert Lombard, depuis qu'il avait voulu la trahir.

Il agitait la tête en signe de détresse. C'était un type carrément triste, Robert, il n'aurait pas fallu insister beaucoup pour qu'il se mette à pleurer ou quoi.

Quand il a été bien ligoté, Marcel a dit :

– Je dois rentrer, moi. Ça m'amuse beaucoup, vos petits jeux, mais je dois me trouver à l'hôtel à neuf heures pour prendre mon service. Ils vont se demander ce que je deviens si je ne suis pas là.

– Vous voyez bien, a dit Noëlle. À l'hôtel, ils vont s'inquiéter, et puis ils enverront quelqu'un ici.

– À fe moment-là, je ferai loin, a dit madame Kalisky. Fous ne croyez tout de même pas que je fais attendre tranquillement qu'on fienne me chercher.

– À présent que Marcel est lié, qu'est-ce que je peux faire pour vous ? a demandé Robert Lombard.

Elle nous a regardés l'un après l'autre, Noëlle, Charles, le type de l'hôtel et moi, quatre colis en forme de saucisson.

– Il ne faut pas les laisser dans la maison. Ils peufent attirer l'attention. Et il faut que je mette la main sur fette photo. Je fuis fûre qu'elle fe troufe ifi.

Ça, tout le monde l'avait compris depuis longtemps, à part le type de l'hôtel, bien sûr, mais ça ne comptait pas.

– Eh bien ? a fait Robert.

– On fa les remettre au garage. F'est l'endroit le plus fûr.

– Et qui va se charger de les porter jusque-là ?

– Mais toi, Robert. Qui d'autre que toi ?

Et pendant qu'ils discutaient, et qu'ils m'oubliaient, allongé dans le divan avec les mains dans le dos, je n'avais pas arrêté de remuer les poignets et de les faire tourner. Encore un peu de jeu, et j'aurais les mains libres.

30

C'est moi le premier que Robert Lombard a choisi d'emmener au garage. Normal, il avait pris le plus facile d'abord, question poids. Il m'a donc agrippé par les épaules, il m'a fait glisser du canapé, et s'est mis à me tirer dans la pièce. Au début, ça ne marchait pas trop mal. On a contourné la table.

– Vous ne vous en sortirez pas comme ça, a dit Noëlle qui observait la scène.

Elle n'avait plus l'air aussi convaincue que tout à l'heure. Elle continuait pour la forme, peut-être parce que c'était la seule chose qu'elle pouvait faire.

– Mais aidez-moi, a lâché Robert dans un souffle parce qu'il commençait déjà à se fatiguer. Aidez-moi au moins à ouvrir cette porte.

– Fous n'arriferez jamais à rien fans moi, alors ?

Madame Kalisky avait commencé à fouiner un peu partout. Elle a d'abord regardé sous les coussins du canapé, en espérant y dénicher la photo.

– Vous ne la trouverez pas, a dit la voix de Charles.

Je n'avais toujours pas compris où il pouvait bien se trouver. Alors que Robert Lombard me traînait sur la terrasse, j'ai jeté un dernier coup d'œil dans la pièce. Charles ne devait pas se cacher très loin, puisqu'on l'entendait si bien. C'est alors que j'ai découvert les deux pieds qui dépassaient au bas d'un gros meuble en chêne. Le reste du corps était glissé en dessous. Ce devait être lui, pas de doute. J'avais aperçu son dos hier soir, juste avant de l'assommer avec le cendrier, et maintenant j'avais droit à ses pieds. Un jour, si je sortais vivant de cette histoire, j'espérais bien voir les autres morceaux et terminer le puzzle.

Le type Robert a continué à me tirer, en gémissant de plus en plus fort. Il a fini par me déposer devant le garage, puis il est allé ouvrir la grande porte métallique. Je l'observais, la tête à l'envers, allongé sur les graviers. Il me donnait l'impression de s'ennuyer.

Il était dégoûté de la vie, il levait les sourcils bien haut pour le montrer.

Il est revenu vers moi et m'a fait pénétrer à reculons dans le garage. Un moment, j'ai cru qu'il allait me faire passer dans la saleté de flaque d'huile qui se trouvait là. Mais au dernier moment, on l'a évitée. Arrivé dans un coin, il a essayé de me redresser et de me caler contre un mur.

J'ai compris à sa tête qu'il avait dans l'idée de faire une déclaration ou quoi, en tout cas de dire quelque chose. Il a hésité plusieurs secondes en me regardant, puis il a haussé les épaules et est reparti sans rien ajouter. Terriblement secret, le type Robert.

Je suis resté seul dans le garage. Il avait laissé la grande porte ouverte, pour que ce soit plus simple quand il reviendrait. Je pouvais donc mieux me rendre compte de ce qui se trouvait dans la pièce. Avec toutes ces bêches, ces râteaux et ces outils, peut-être que je dénicherais un truc utile. J'avais ma petite idée là-dessus.

J'ai fait bouger mes poignets. Vu que la corde s'était relâchée, je devais réussir à me mettre debout sans trop de difficultés.

C'est ce que j'ai fait, d'un bond. Je devenais imbattable, à ce jeu-là.

J'ai avancé, en sautillant, vers le coin des outils. Un des seaux contenait un peu de terre. En tout cas, ça ressemblait à de la terre, et ça ne convenait pas. Un autre était rempli de petits ustensiles en fer, des grattoirs ou bien des peignes pour la pelouse. Je me suis penché, et j'ai écarté les deux seaux avec ma tête. Il fallait que je joue des épaules, à gauche et à droite, tout en essayant de ne pas tomber. Heureusement, ce n'était pas trop lourd.

Je me suis redressé, en équilibre, et j'ai aperçu, coincée au fond d'un troisième seau, une boîte qui ressemblait à ce que je cherchais. Mais je n'ai pas eu le temps de m'en assurer, parce que j'ai entendu Robert Lombard qui revenait en poussant des gémissements terribles. J'ai sautillé pour aller me rasseoir dans le coin où il m'avait laissé.

Au bout d'une minute ou deux, son derrière a fait son apparition devant le garage. Millimètre par millimètre, il tirait le type de l'hôtel. On aurait dit une souris traînant une baleine.

Puis tout à coup, il l'a lâché et l'a laissé

retomber. Il n'avait plus aucune force, même pour un petit millimètre supplémentaire. Il s'est redressé lentement, comme s'il avait peur de se casser.

– Marcel… Tu pourrais… Marcher… Un peu, non…

Il n'avait plus de souffle, le type Robert. Pour parler, il devait profiter de ses respirations, en lançant quelques mots au milieu.

– Pas question, a dit l'autre. Ça commence à m'amuser, cette histoire. Si tu as décidé de m'enfermer au garage, tu devras me porter jusque-là.

– Allez… un mètre… seulement…, a soufflé Robert Lombard.

– Rien du tout, a répondu Marcel, qui en a profité pour s'étendre de tout son long devant l'entrée du garage.

Son ventre a fait comme une montagne. Je me demandais avec quoi il pouvait bien remplir tout ça. Ça avait dû lui coûter une fortune, si on imaginait qu'au départ, il n'avait qu'un estomac plat comme tout le monde.

Robert Lombard a soupiré, il a aspiré beaucoup d'air en se disant peut-être que ça allait lui donner des forces. Puis il s'est penché vers la baleine en forme de montagne, et il s'est remis à tirer. Si on fermait les yeux dix secondes, on s'apercevait qu'ils avançaient. Sinon, on ne voyait quasi rien, à part Robert Lombard qui devenait de plus en plus rouge.

Et puis, au bout de je ne sais pas combien de temps, une heure, le type de l'hôtel a fini par se trouver tout entier dans le garage. Robert l'a relâché aussitôt. Il s'est tourné vers moi.

– J'avais… pff… laissé… la porte ouverte… Ffff…

– Et alors ?

– Tu t'es… pas… enfui…

Non. Je n'y avais même pas pensé, je dois dire. Qu'est-ce qu'il croyait ? Que j'allais abandonner Noëlle entre les mains de madame Kalisky ? Et Charles ? Il fallait que je reste pour les sauver. Et comme j'avais mon plan en tête, il ne restait plus qu'à le réaliser. Il fallait à tout prix que je sois sûr de ce que contenait la boîte au fond du seau.

J'ai haussé les épaules pour faire comprendre au type Robert que ça ne m'intéressait pas de m'enfuir. Enfin, j'ai essayé de hausser les épaules. C'était compliqué avec les cordes.

– Bon, a repris Robert Lombard. Ça ne fait rien. Je vais chercher les autres.

Et il est reparti. Il se demandait sans doute si j'avais compris cette fois-ci, et si j'allais enfin détaler. Il devait me prendre pour un idiot de rester là alors que la porte était grande ouverte.

Tant pis pour ce qu'il pensait. Je me suis contenté de me remettre debout dès qu'il a disparu, et je suis retourné près des outils de jardinage, en utilisant ma technique du sautillement.

– Qu'est-ce que tu fais ? a demandé Marcel, toujours étendu.

– Je cherche quelque chose.

Je me suis penché vers le seau en question. La boîte était blanche, avec une photo de pelouse toute verte comme du plastique. Et au-dessus, en lettres rouges et noires, le nom du produit.

C'était ce que je cherchais. Le désherbant.

31

Je n'ai pas eu le temps de faire quoi que ce soit d'autre, parce que Robert Lombard est revenu très vite, beaucoup plus vite que la première fois. J'avais cru que, pour Charles, il allait mettre plus de temps que pour le type de l'hôtel. Charles mesurait deux mètres de haut et un mètre de large au moins, je l'avais bien vu dans le noir avant de l'assommer.

Mais Robert Lombard ne le tirait pas par les pieds comme pour l'autre. Il se contentait de marcher à côté de lui, en le tenant par un bout de la corde.

Charles marchait tout simplement, sans résister ni rien. Il souriait. C'était la première fois que je voyais sa tête en vrai, et il souriait de manière complètement idiote.

Il est donc entré dans le garage, a jeté un coup d'œil au type de l'hôtel, qui n'avait pas bougé de l'endroit où il s'était étendu, puis il m'a aperçu dans le coin et est venu s'installer à côté de moi. Qu'est-ce qu'elle pouvait bien lui trouver, Noëlle ? C'était vraiment une question qui me rendait complètement cintré.

Robert Lombard nous a regardés l'un après l'autre, Marcel, Charles et moi, a secoué la tête, en disant :

– Eh bien, tant pis.

Et il est sorti, en claquant la porte du garage. L'intérieur est devenu tout sombre. C'est alors que je me suis rendu compte qu'il manquait quelqu'un. J'ai cogné Charles, en demandant :

– Et Noëlle ?

Madame Kalisky avait décidé de la garder avec elle. On l'a tous compris au même moment, d'ailleurs. Parce que Noëlle, dehors, s'est mise à hurler, comme si on lui pinçait les fesses ou je ne sais quoi. Ça m'a filé la chair de poule d'entendre ça. Ce qui était le plus horrible dans cette histoire, c'était qu'on ne pouvait même pas voir ce qui lui arrivait vraiment, à Noëlle. J'imaginais les tortures les plus chinoises dans le genre.

À côté de moi, ça a dû le secouer aussi, Charles, parce qu'il s'est mis à gigoter comme une grosse poule pour se mettre debout, ce qui était plutôt compliqué, vu l'ampleur de la masse à remuer.

Quand il y est enfin arrivé, en ce qui me concerne, j'étais retourné dans le coin des outils. Mais avant de recommencer à fouiller là-dedans, il fallait d'abord que je me libère. J'ai tiré aussi fort que j'ai pu sur mes cordes, je tournais et je retournais mes poignets, ça commençait à me faire sacrément mal, ça m'entrait dans la peau, mais j'ai continué, c'était la seule solution. Je n'allais tout de même pas fabriquer ma bombe avec les pieds.

– C'est bloqué, a dit Charles derrière moi. Nom de dieu, c'est bloqué de l'extérieur.

Je me suis retourné. Il faisait une gymnastique terrible pour atteindre la poignée de la porte, placée à un mètre du sol à peu près. Il s'était mis le dos contre, et se tordait en deux pour essayer de saisir la poignée avec les doigts.

On a de nouveau entendu Noëlle pousser un cri épouvantable. C'est ça qui m'a décidé. Je ne pouvais pas supporter ces cris plus longtemps. Je me suis mis à tirer comme un malade sur mes cordes, en m'agitant dans tous les sens. Dehors, on a entendu la voix de madame Kalisky qui criait :

– Calmez-fous, petite pefte.

Puis elle a demandé au type Robert d'aller chercher la voiture.

– Nous allons l'enfermer dedans, fa posera moins de problèmes.

Ils étaient tout à côté, c'est pour ça qu'on les entendait si bien.

Ils allaient l'emmener. On ne la verrait plus, Noëlle, elle irait terminer sa vie dans un camp, ou je ne sais quoi, à tricoter des écharpes pour espions.

J'ai failli m'arracher le pouce en tirant, mais j'y suis enfin arrivé. Ma main gauche est passée au travers des liens, et du coup, tout le reste s'est relâché. J'étais libre, avec des morceaux de peau en moins, mais j'étais libre.

– Je vais enfoncer la porte, a dit Charles. C'est la seule chose qui reste à faire. Je vais l'enfoncer.

Il s'est reculé pour prendre de l'élan, jusqu'au fond du garage. Puis il a foncé en direction de la porte de tout son poids, et son poids n'était pas rien, je vous jure. On s'attendait à la voir voler en éclats, la porte. Malheureusement, il y avait cette flaque d'huile que le type Charles n'avait pas vue. Dès que son pied s'est étalé au milieu de la flaque, il s'est mis à glisser, et il a atteint la porte à moitié plié en deux. Ça a quand même fait un beau bruit, quand son épaule est venue s'écraser contre le métal, une espèce de grand crac. Charles n'a pas réussi à retrouver son équilibre après ça, il s'est affalé sur le sol, en poussant un cri et en faisant une grimace. Quant à moi, je suis revenu à ma bombe.

Dans la poche droite de mon jeans, j'ai récupéré les sachets de sucre en poudre. Bien utilisé, ça peut devenir une vraie bombe. Ça n'a l'air de rien, mais c'est avec ça que j'avais fait exploser les waters à l'école, pas plus tard que la semaine précédente.

J'ai donc déchiré les sachets de sucre. Je n'en avais pas trop, mais sans gaspiller, ça me semblait suffisant. Puis j'ai pris le carton de désherbant. J'ai déniché une petite boîte de conserve, qui devait avoir contenu des légumes apparemment, et dans laquelle le type qui entretenait le jardin avait mis des graines minuscules un peu vertes.

Dehors, j'ai entendu une voiture qui approchait. Je devais faire vite. J'ai touillé aussi rapidement que j'ai pu, mais il fallait que le mélange soit bien réussi, sinon la bombe n'exploserait jamais. J'ai jeté les graines sur le côté et j'ai versé le mélange dans la boîte. Il avait l'air de rien, tout blanc, juste une poudre comme les autres.

– Bon, a fait madame Kalisky au dehors. Tu m'aides à la faire entrer dans la foiture, Robert ?

– Il faut faire quelque chose, a dit Charles. Il faut faire quelque chose, ils vont l'emmener.

Tout ce qu'il a fait, c'est une nouvelle grimace. Il n'osait sans doute plus essayer d'enfoncer la porte. Il regardait la flaque d'huile comme s'il lui en voulait personnellement. Il se cherchait des excuses partout.

– Laissez-les partir, a dit le type de l'hôtel qui était resté allongé sans faire un geste. De toute façon, il y a bien quelqu'un qui va passer dans le coin et qui nous fera sortir d'ici.

– Si j'ai choisi cette maison, a dit Charles, c'est justement parce qu'il n'y passe jamais personne. Je vous dis que nous sommes coincés ici, et je ne sais pas pour combien de temps.

– Il me faut une mèche, ai-je dit en interrompant leur discussion.

– Comment ? a dit Charles.

– Une mèche. Pour ma bombe. Une mèche et des allumettes.

Je lui ai montré la boîte pour qu'il comprenne plus vite, mais ça n'a pas eu l'air de marcher. Il me regardait bêtement. Il a répété :

– Une mèche ? Mais pour quoi faire ?

– J'ai un briquet, si ça peut t'aider, a dit le type de l'hôtel. Il est dans la poche de ma chemise.

Charles continuait à m'observer comme s'il s'attendait à me voir exécuter un triple saut périlleux ou je ne sais quoi. Je me suis penché vers Marcel, j'ai un peu fouillé dans ses poches, et j'ai fini par sortir le briquet. Puis j'ai dit, en me retournant vers Charles :

– Alors, cette mèche, ça vient ?

Dehors, deux portières ont claqué. Ils partaient, cette fois, c'était sûr, dans dix secondes, ils seraient loin et on ne les reverrait plus. Je n'espérais pas trop que Charles trouve quelque chose. Mais il m'a étonné. Il a tendu le pied vers moi, en disant :

– Prends le lacet de ma chaussure, si tu veux une mèche.

Ça a quand même du bon, les espions. Personne d'autre n'aurait eu une idée pareille, même moi. J'ai tiré sur le lacet. Il faisait vingt centimètres à peu près. J'en ai enfoncé un bout dans le mélange bien tassé. Puis j'ai allumé l'autre bout à l'aide du briquet. Le lacet s'est mis à grésiller. La flamme s'est avancée vers la boîte. Je l'ai prise en main, je suis allé la coincer aussi bien que j'ai pu dans le bas de la porte du garage, et je me suis reculé en vitesse.

– Je ne comprends pas, a dit Charles. Je ne comprends pas que tu t'amuses ainsi dans un moment pareil.

Et puis je n'ai plus rien entendu, parce que la bombe a explosé.

32

C'est toujours comme ça. Je calcule mal. Quand ça explose, je suis surpris, c'est toujours plus fort que ce que j'attendais. C'est à cause de la poudre, c'est parce qu'elle a l'air tellement inoffensive.

En tout cas, ça a suffi pour démolir une bonne partie de la porte métallique, du côté des charnières. Ça a produit beaucoup de fumée aussi, je dois bien l'avouer, encore un peu on était bons pour l'asphyxie.

Charles a crié « Merde » et il s'est précipité vers la porte, en évitant la saleté de flaque d'huile cette fois-ci. Il a donné un coup de son épaule de mammouth au-dessus de la charnière en charpie, et la porte a cédé avec un bruit de fourchette cassée.

Dehors, ils avaient dû être tellement surpris par l'explosion que Robert Lombard n'avait pas encore fait démarrer la voiture. Ils étaient là, à quelques mètres de la maison, occupés à regarder la scène avec des yeux gros comme ça. Même Noëlle avait arrêté de crier comme une enragée. Ils l'avaient coincée sur le siège arrière et madame Kalisky s'était installée à côté d'elle pour la surveiller. Elle avait une main sur l'épaule de Noëlle, une chose qu'elle n'aurait jamais dû faire.

Charles a foncé dans leur direction, on aurait dit un taureau en train de charger, le plus drôle c'est qu'il avait toujours les mains attachées dans le dos. J'aurais pu le délivrer avant, puisque j'avais les mains libres, mais j'avais plutôt fabriqué ma bombe. De toute façon, le type Charles arrivait très bien à foncer sans les mains, ça lui donnait même une espèce de masse supplémentaire au niveau des épaules.

La réaction de madame Kalisky, en l'apercevant, a d'abord été de sursauter sur place, comme si elle venait d'être piquée par une guêpe, et tout de suite après, elle s'est mise à se fouiller. Pendant ce temps-là, moi, je m'étais mis à courir aussi, mais pas du tout à la façon taureau de Charles. Ce qui fait qu'au moment où je suis arrivé près de la voiture, madame Kalisky avait trouvé ce qu'elle cherchait. C'était son revolver ridicule.

Charles l'a remarqué lui aussi. Il a crié : « Attention ! ». C'était le genre de type à imaginer qu'il est le seul à se rendre compte des choses, à mon avis.

Elle a donc empoigné son revolver, en hurlant :

– Démarre ! Démarre, Robert !

Robert Lombard n'a pas démarré. Ça l'a rendue folle de rage, la dame. Elle lui a donné un coup au milieu du dos avec son revolver.

Charles essayait d'ouvrir la portière pour que Noëlle puisse sortir, mais ce n'était pas facile avec les mains attachées dans le dos, alors que je me suis approché et je l'ai aidé.

La portière n'a posé aucun problème. Je l'ai ouverte, Noëlle a sauté sans perdre une seconde, elle a exécuté comme un plongeon dans ma direction, pour atterrir sur les graviers devant moi. Et je me suis retrouvé nez à nez avec le revolver de madame Kalisky.

– Attention, a encore crié Charles.

Madame Kalisky a ri, et elle a tiré. Sur moi. En direction spéciale de ma tête, vu que c'était ce qui se trouvait le plus près d'elle.

Il y a eu une explosion, dans le genre de la mienne, un peu moins forte seulement.

Et le revolver de madame Kalisky a volé en mille morceaux d'un coup, dans tous les sens, la crosse d'un côté et le petit canon de l'autre. J'étais bien placé pour observer le phénomène, les vis et les boulons qui s'envolaient partout. J'en ai même reçu un sur la poitrine, tellement j'étais près, et je crois bien que ça devait être la balle justement. C'est de cette façon-là que j'ai reçu ma première balle dans la poitrine. Enfin, sur la poitrine, mais c'était tout de même dangereux.

Je n'ai pas pu me retenir. C'était le truc le plus tordant que j'avais jamais vu. Je ne suis pas du genre à faire des démonstrations, mais là c'était plus fort que moi. Ça m'a fait hurler de rire, cette explosion de revolver. Et aussi la tête de madame Kalisky en voyant ce qu'il était devenu, son pistolet. Elle a viré au rouge, et elle s'est mise à rassembler les morceaux, mais c'était impossible, il y avait des pièces qui avaient volé partout aux alentours. Je n'en pouvais plus, je continuais à rire, je devenais complètement cintré, j'en pleurais presque, je vous jure, ça ne m'était jamais arrivé de rire comme ça.

Madame Kalisky, elle, a arrêté de chercher les morceaux de revolver, elle m'a regardé en serrant les dents, on voyait sa mâchoire qui tremblait. Puis, d'un coup comme ça, elle a fait une grimace terrible, et elle s'est mise à pleurer.

33

Voilà, c'est de cette façon-là que ça s'est terminé. Le reste n'a aucun intérêt. L'inspecteur est venu arrêter madame Kalisky qui n'avait pas encore fini de pleurer. On aurait dit qu'elle n'avait plus fait ça depuis longtemps et qu'elle voulait se rattraper. Mais peut-être que c'est moi qui invente.

J'aurais bien voulu en savoir davantage sur le métier d'espion et tout ça, pas que ça me tente personnellement, je trouve qu'on ne se dépense pas assez, si on examine bien, ça se résume juste à des réflexions intellectuelles.

Prenez le type Charles, par exemple. Il ne se bouge jamais beaucoup. C'est le genre à vous expliquer pendant des heures un truc que vous avez pigé depuis bien longtemps.

C'est ce qu'il a fait, avec cette histoire. Il trouvait toujours des nouvelles choses à expliquer. Mais il n'a par contre jamais accepté d'en dire plus sur le métier d'espion, peut-être parce que ma mère était là, et que déjà ce qu'il racontait, elle ne le croyait quasiment pas. On s'y est mis à trois, Noëlle, Charles et moi, pour lui raconter.

Elle secouait la tête, c'est un geste que je lui ai vu faire des millions de fois. Ça veut dire qu'elle n'est pas dupe, c'est l'expression qu'elle emploie, « Je ne suis pas dupe ». Ma mère est la seule personne humaine au monde à employer cette expression-là. Mettez-moi dans une pièce noire avec un bandeau sur les yeux, et faites-moi entendre quelqu'un qui dit « Je ne suis pas dupe », et je saurai que c'est ma mère.

Donc, Charles lui a expliqué, au sujet des Assurances et de madame Kalisky et des incendies. Toutes ces choses sans intérêt, comme je vous le disais. Et ma mère souriait en secouant la tête. Elle n'était visiblement pas dupe.

– Mais je t'assure, a dit Noëlle. Ils avaient décidé de m'emmener avec eux. Ils ont bien failli réussir d'ailleurs. Heureusement que Charles est arrivé à sortir du garage juste à temps.

– Grâce à ma bombe, ai-je précisé.

– Mais oui, ta bombe, a dit ma mère.

Elle est partie chercher le café à la cuisine.

J'ai regardé Charles qui s'était mis à sourire lui aussi.

– Ça ne sert à rien de lui expliquer, elle ne nous croira jamais.

– Ça n'a pas d'importance, a dit Charles.

J'aurais bien voulu qu'il arrête de sourire de cette façon-là. J'avais honte pour ma famille.

– Il y a tout de même quelque chose que je voudrais bien savoir.

– Oui, quoi ?

Il a pris la main de Noëlle dans les siennes, et elle a disparu au milieu de tous ces gros doigts. C'était le type qui pouvait faire des gestes grotesques comme ça, sans s'en rendre compte. Ça serait terrible pour lui, quand elle le quitterait, Noëlle. Je n'osais pas imaginer ce qu'il deviendrait. Peut-être qu'il recommencerait à bousiller des lapins.

Pour l'instant, elle ne voulait pas trop le brusquer. Elle le regardait, et elle s'est mise à sourire aussi. Encore un peu, et moi-même, j'allais croire que c'était sincère, tellement c'était bien imité, en tant que sourire bête.

– Qu'est-ce que tu voulais savoir ? a demandé Charles, complètement abusé de son côté.

– Rien.

– Mais si.

J'ai haussé les épaules.

– Tu veux peut-être savoir comment j'ai fait pour me faire passer pour mort, dans ma chambre d'hôtel ? C'est ça ?

J'ai rien dit. Il continuait tout seul, de toute façon. Il a pris un air sérieux, comme s'il allait me révéler la recette du pudding à l'orange.

– C'est du yoga. Un mélange de yoga et de médecine.

Et puis il a commencé un cours sur le yoga, technique chinoise, il a bien insisté là-dessus. Il n'aurait pas supporté qu'on la confonde avec une autre, sa technique chinoise. Supposez qu'un type arrive et lui dise : « Oh, votre yoga, là, c'est simplement la technique suisse que vous employez », Charles, ça l'aurait rendu fou de rage. C'était un type comme ça, Charles.

Pour prouver ce qu'il racontait, il nous a d'ailleurs fait une démonstration sur le tapis du salon. Il s'est allongé en respirant très fort comme si il y avait moins d'air au ras du sol.

– Il faut simplement placer un objet dur en dessous du bras, a-t-il déclaré. Ça bloque l'artère humérale, ce qui arrête le pouls, et tout le monde vous croit mort.

L'artère humérale. Ça m'a tué.

Il a recommencé à respirer comme un soufflet, il fermait les yeux.

– Qu'est-ce que vous faites ? a dit ma mère qui revenait avec le café.

– Charles nous montre comment il s'est fait passer pour mort, a dit Noëlle à voix basse.

Elles étaient impressionnées. Charles a continué à souffler par les narines pendant une bonne demi-heure. Heureusement qu'on n'était pas pressés. Puis, il a paru s'étaler sur le sol, pareil à de la confiture. Une grosse flaque de confiture.

Noëlle s'est approchée, et elle a poussé un cri. Encore un peu, elle aurait cru qu'il était de nouveau mort, si elle n'avait pas su maintenant que c'était une prise de yoga, inventée par des types en Chine.

– Je dois bien reconnaître que c'est impressionnant, a dit ma mère.

Elle était quasiment dupe, pour une fois. Elle s'est tournée vers moi.

– Tu ne trouves pas, François ?

Elle m'appelait François. C'était ma mère.

– Oui, j'ai dit. Peut-être.

– Oh toi, a dit ma mère, c'est toujours la même chose, tu ne changeras jamais.

Eh bien, vous voulez que je vous dise ? Elle était complètement dupe.